Go get your happiness

高雅楠 著

幸福基本靠抢

Go get your happiness

人民文学出版社

图书在版编目（CIP）数据

幸福基本靠抢/高雅楠著．—北京：人民文学出版社，2013
ISBN 978-7-02-009670-1

Ⅰ.①幸… Ⅱ.①高… Ⅲ.①长篇小说—中国—当代 Ⅳ.①I247.5

中国版本图书馆 CIP 数据核字（2013）第 014032 号

责任编辑　脚　印　胡玉萍
装帧设计　李思安
责任印制　苏文强

出版发行　人民文学出版社
社　　址　北京市朝内大街 166 号
邮政编码　100705
网　　址　http://www.rw-cn.com

印　　刷　三河市鑫马印装有限公司
经　　销　全国新华书店等

字　　数　150 千字
开　　本　710 毫米×1010 毫米　1/16
印　　张　14　插页 3
印　　数　1—10000
版　　次　2013 年 5 月北京第 1 版
印　　次　2013 年 5 月第 1 次印刷

书　　号　978-7-02-009670-1
定　　价　29.00 元

如有印装质量问题，请与本社图书销售中心调换。电话：01065233595

楔　　子

乔布斯逝世那一天，很多人都真心哭了。

广州高新技术开发区的几个民营小老板哭得尤为痛不欲生——就在几天前，他们自主研发的中国首创 iphone5 已完成了大批量生产工作，只等正式发布信号即能随时投入市场。由于乔老爷临时驾崩，几万张订单一秒之内变废纸。

那一年，我们一起失业。

作为会计的我，手捧半箱山寨机走出工厂大门。

01

在濒临30的身上找腰是一件相当困难的事。

每一天，我都在镜子前寻觅无果。29岁的最后一天，终于发现髋关节上下不再以直线连接，但那曲线无论从哪个角度观赏都不像沙漏，更近似于弧。

纤腰本不恼人，念念不忘只因思而不得。

在此之后，我将苍生间所有纤腰拥有者均列为不记名仇恨对象。

别人之妈经常跟自家姑娘说：跟男人相处要长个心眼儿，别让人占了便宜。我妈可倒好，见着我三句话之内准会唠到：我又给你联系了一个男的。估计哪天谁要告诉她我让人非礼了，我妈都得喜极而泣。

每每目睹我亲生的妈那副只要能把水泼出去，连盆都可以不要的神韵，心中总是生起无限凄凉。还有亲爱的爹地，亲手将我往万人相亲会上推——没有建议，没有商量，连暗箱操作的民意调查都没有一个，而是直接偷了我的身份证和毕业证去给我报名了！都说女儿是爸爸前世的情人，我特别想不明白……上辈子是看好他什么了？

不想骨肉相残，就只能把悲伤留给自己。

身高170，体重170。尽管在我并不需要保护的外表下，仍残存着一颗渴望被王子搭救的心，但在家父眼里，我俨然已经成了过季断码库存，只要有人搭价，给钱就卖。

"我觉得我还没到30呢，急什么呀？"我为自己的命运愤愤不平。

"我还觉得我没到30呢！我跟你妈把墓地都买好了。"

"我现在这样也找不着什么好的，还不如等瘦一瘦。"

"在我俩入土前还能等到那一天吗？"

"怎么等不到啊！"

"成天听你放狠话，饭倒没见你少吃……现在拍证件照都得拍两寸的吧？"爸从中视镜里递来轻蔑一瞥，"拍一寸的脸就得挤到框外面去。"

"妈你看我爸呀！哪有这么损自己闺女的？"我怒。

"你爸这张嘴啊！"妈开始和稀泥，"不过话糙理不糙……"

"有意思么？我啥样还不是你俩生的！"

爸不缓不急："其实这些年我也不是没怀疑过你妈。"

妈一巴掌搋过去灭口。

领导人内讧的时候，我眼前开始朦胧——曾几何时，我也有过婀娜和窈窕。之所以沦落到今天这副模样，我觉得吃嘛嘛香只是其中一个微量元素，主要原因还是源于父辈当年的食材不含高科技，我们现在吃的肉和菜大部分都是饲料化肥催大的。除了直接吸收营养，我们更间接吸收了充足的激素。就像猫吃了嗑过药的耗子也会麻爪一样，这种现象在化学里统称为化合反应，公式是：a+b=ab。

思绪在花城广场戛然而止。

"走吧！"——父王母后把我拖下车，向着万人现场步步逼近。

说是相亲会，真人版却寥寥无几，大多是中老年代言人手持资料卡，遇到条件合适的代言人便眉来眼去互换号码。为了不虚此行，代言们拿了号码也不舍得草草离去，一换再换，不求最好，但求最多。

"一米八的帅哥嘞！银行工作的嘞！"身旁大爷瓮声一嗓。马上有花阿姨扭过去，问："多大了？"大爷上下打量一下阿姨，道："28。"阿姨眉开眼笑："正好，我女儿27。"大爷问："有照片么？我孙子要找漂亮的。"阿姨忙抖开一沓照片："护士，本地户口，你孙子一个月多少钱啊？有房吗？"大爷马上绷起脸："护士啊？护士不行！"阿姨愣："怎么不行啊？事业编制正式职工，一个月六七千呢！"大爷头扭向别处："护士太乱，不行。"随后继续吆喝："一米八嘞！银行工作的嘞！"阿姨没好气白了一眼："哎，你怎么说话呢！"大爷带着贵族气息瞥回照片："也不漂亮啊！"

为避免看热闹溅一身血，我及时迈开伟岸的步伐远离案发现场。

托爹娘的福，散场之前，我收获了一堆电话号码。妈如释重负，我也如释重负。妈说："我把你的号都发出去了，这两天有陌生电话别不接。"我说："好。"随手把收获的号码揉成一团。

晚上，躺在床上辗转反侧，心潮恰似一江春水向东流，明知赶集的终点不是良辰美景，却顺水推舟紧跑慢颠，只因时辰到了。我苦叹一声，在夜深人静处，与42岁的郑嘉颖、33岁的伊恩·萨默海尔德、29岁的玄彬和28岁的速水重道一一挥泪作别。男人再好，如若不能躺在身边，也便无用。心许那第一个拨通电话的陌生人即是我的至尊宝……想到睡着，着到天亮。

——我的人生中果然没有惊喜。

至此，琴者断弦，剑者折刃，一切变得无所畏惧。

破罐子破摔，只是开始。

02

我妈的四舅的二姑娘家的大儿子和我姑父的大表哥家的小侄女结婚了。

妈应邀过去喝喜酒，怀揣100块份子钱呼朋引伴，被我和爸无情拒绝。爸的理由是亲戚关系不明朗，我的理由是减肥尚未成功谢绝认亲。其实难言之隐是：实在不想被八竿子打不着的七大姑八大姨围观扒皮。问你哪个学校毕业的？哪上班呢？一个月挣多少钱？有没男朋友？男友家什么条件？结没结婚？离没离婚？老公有没有外遇？生没生孩子？是不是生不了？生男还是女？孩子多大了？省不省心？哪个学校毕业的？……无论处于哪个年龄段，总有遭天杀的问题轮到你，永不落空。然后她们会把若干隐私揉碎、整理、归类、分享，评点谁是年度最衰，因此而得到满足。

与其自取其辱，我宁愿替妈跑腿儿收电费。

我家两套房，相距不远，新的住，旧的租。爸说万一我嫁不出去，也好有个地方孤独终老，不至于七老八十了还在他们眼皮下晃荡，令生者影响寿命，死者不得安息。

新来的房客签约一年，入住不到两个月。

铃响。门开。亮瞎我的眼——那半裸出镜的猛男桑简直帅得不像人！一定要找个近似值，就只有希腊神话中美到罪恶的阿多尼斯。全中国有那么多城市，城市里有那么多出租屋，他却偏偏租到我们家……如果这都不算爱，那童话都是骗人的。

活的阿多尼斯以浴巾擦脸，未干透的碎发散出伊卡璐西柚精华洗发露的摄魂果香，斯眼神深邃带着迷茫："找哪位？"

我底气不足递上水电煤气单："收电费。"

"哦。"他拉开门，转身进屋，标准倒三角下连结着史上最性感的后辙。那叉腰肌、腱子肉……我情不自禁咽了下口水。

再出来时，阿多尼斯颇有些见外的套了件白T恤，即便如此，肩臂还是将T撑出饱满的线条。

"259。"斯自语着，从钱夹掏出300递给我。

我抖着爪子找回50，装大方："零钱算了。"

斯并未推辞，接钱道谢，而后眼神熠熠："你是房东的……"

"女儿。"

"哦，小姐怎么称呼？"

"常欢。"

"常小姐平时有健身么？"

我自卑得红了脸，不露声色吸紧肚子："没。"

阿多尼斯挂着神的微笑："常小姐个子这么高，如果能稍微瘦一点儿就很完美了。"

"吃过几种减肥药，效果都不太明显。"

"吃药多不健康啊！"他从钱夹中抽张卡片递给我，"有空来健身中心吧，离这不远，持我名片能免费体验一次，办卡还能打九折。我帮你量身定制一套计划，要是能坚持，保证三个月让你脱胎换骨。"

Ⅳ级钢筋穿过大脑，我情不自禁对着名片诗朗诵："孙磊。"

"是我。"阿多尼斯放着弱电，"我是那儿的私人教练。"

"办卡多少钱？"

"年卡2800，半年卡1600，季卡900。"

大脑飞速运算，900打九折就是810。

我故作镇定点点头："我想先办张季卡，哪天过去方便？"

斯没有半点儿意外，依旧慵懒地答："随时，你留个电话给我，到了找我就行。"

眼睁睁看着自己被美男亲手存进手机，心花怒放。

不记得如何告别，也不记得回家的沿途都路过了什么，只记得午后阳光特别灿烂，阳光裹着微风，微风载着音乐，音乐推着我，我捏着名片，想像自己是刚和一个魅力杀手建立了关系的马蒂达，在优雅的法国香颂间走街串巷……步伐也轻快了几斤。

"妈，你觉不觉得咱家新房客眼睛长得特别像阿尔帕西诺？演教父的那个。"晚饭时，我佯装不经意地博共鸣。

"他长得像毛主席也得交房租。"妈极没情调地嚼着大米饭，抬头，"你好像有一阵子没加班了，最近经济不景气，不是单位有什么变动吧？"

"不加班还不好，你是不是我亲妈啊？"我心虚。

"我是想提醒你长个心眼儿，盯紧点儿老板，别哪天厂子说不行就不行了，觉得不好早做准备，省得到时两眼一抹黑。"——妈若生在古时，不说委身诸葛孔明，也定为先生的知己。

"嗯，知道。"我违心地点头。成熟的标志之一，便是学会报喜不报忧。

上缴了水电费，再减掉健身中心的卡费。看着银行卡上余额不足四位的阿拉伯数字……我登录邮箱，把前些天扔进回收站的面试邮件翻出来，记下时间地点。

03

我毕业于国内一线大学，环境工程学，硕士。此前三年，我能背到圆周率第100位，会解微积分方程式，知道钾钠氢银正一价，可以零失败操作银镜反应，熟悉各种重金属污染的解决办法，虽然不能和老外用他们的母语唠闲嗑，却也通过了国产英语六级考试。再之前，我还是入党积极分子，会唱十几首红歌，是新闻联播的拥趸，一听《义勇军进行曲》就热泪盈眶，对解放军用小米加步枪击溃了鬼子的飞机大炮深信不疑。毕业三年，公务员统考败给面试、国企厂矿应聘输给裙带关系……现在觉得自己就是一二B，曾和千千万万个二B一起汇成过同一首歌。

面试在一个并不高尚的写字楼里，落座，问好，人资主管推推眼镜看着我："常欢。"

"是。"

"应聘会计？"

"是。"

"环境工程学硕士？"

"是。"

"为什么应聘会计？"

"因为找不到专业对口的工作。"

主管又低头看看简历："以前做过两年半会计？"

"是。"

"为什么辞职？"

"因为公司黄了。"

主管抬头看看我："你说说自己竞争这个岗位的优势是什么？"

"优势是上手快，要求也不高。资深的没我便宜，便宜的没我资深。"

主管笑笑："能接受加班吗？"

"不经常的话可以接受。"

"试用期三个月，1000块，餐费和车费可以凭票报销100，转正后月薪3000，年底双薪，以后每满一年加100。能接受么？"

"试用期一个月可以接受。三个月有点儿长。"

主管低头在纸上画了一个叉，抬头笑："行了，你回去等通知吧！"

我礼貌地起身鞠躬。

小公司是这样的，处处要求你体现专业精神，自己却不按正规制度办事。要求你吃苦耐劳，但不愿多给钱；要求你以厂为家，但不给你买保险；要求你离职前一个月打招呼做交接，但今天决定炒你，工资就给你结算到昨天。

与上一个小公司解除关系之后，我便立誓：下一份工，要么图钱，要么图闲，不可能再努力成为又一个杨白劳……虽说钱袋青黄不接，也还没到饥不择食的地步。只要脸皮够厚，跟家里交了实底儿，看在多年情分上，妈也不至于自己吃肉给我咽糠。

健身中心离我家不远,我边走边拨电话,人到,问好,填单,看表。隔了一夜的孙教练礼貌而疏离,三句话不到便把我交代给前台会籍顾问,转头抱歉笑笑:"一会儿cici带你去做体能测试,熟悉一下环境,我还有客人,失陪一下,有什么问题直接问她就可以。"

我点点头,接过顾问女递来的笔和纸,眼神却不自觉地随着性感后鞧飘向远方……回神,顾问女笑容狡黠:"您认识孙磊哥?"

我点点头又摇摇头:"不熟。"埋头填字。

"他的课程可火了,要不要买课时?"

"我现在买的这个是……"

"季卡,季卡只能在三个月内免费使用器械、上大课。私教是一对一帮你塑身陪你训练。也就是说,上私教课,一小时的时间教练都只服务你一个人哦!还可以使用VIP浴室。"顾问女拨我心弦。

"他一节课多少钱啊?"

"1500,10节课赠一节。"

"就是136一节。"我自语。

"课程是不单卖的。"顾问女更正,"11节课1500。"

"如果不办季卡只买课程呢……"

顾问女笑得很伤人:"不可以的常小姐!没有会员资格是不可以请私教的。我们是会员制哦!孙教练人很nice的,好多女会员都点名找他,很抢手喔!"

我深吸一口气:从精神上算,810买一个跟神见面的机会,想唠嗑还要花到2310,11个小时,合每个小时210;从肉体上算,我想减掉55斤,没神陪伴每减一斤要花15块钱,有神陪伴每斤43块……可如果没有阿多尼斯,我减肥的动力在哪里?

脑细胞们凌乱了。

"怎么样？"顾问女忽闪着水汪汪的大美瞳等我答案。

"呃……先办季卡吧！私教课我再考虑考虑。"我给自己留条退路。

"好啊，那您想好了随时过来找我吧！"顾问女眼角掠过一丝讥讽，嘴巴依然很甜。

"常小姐要不要挑选一下健身服呢？"

"不用，家里有。"

"哦，那您的入籍资料已经办完了，这张卡从明天起三个月内有效，这里有一张大课表，您可以根据自己的时间安排课程。还有什么问题可以随时来找我，我叫cici，工号59，卡片上有我的座机和手机号码。"顾问女流利背完台词，奉上送客的微笑。

"好，谢谢！"我拿了课表心虚收场。

这种花钱当孙子的事已经不止一次发生在我身上了，只是每一次，我都当它是上帝赐给我的姻缘机遇。生活就像一盒巧克力，不能因为上面写着made in china，你就放弃尝试。不怕死，才有希望中大奖。

我满怀憧憬回头眺望了一下沐在阳光里的阿多尼斯和他身边面带桃花的大龄女会员，踌躇满志推门而出。

春风一等少年心，闲情恨不禁。待到秋来九月八，我花开来百花杀。

04

回家的天桥上，一个地摊上横平竖直摆放着国内首创iphone5。

驻足抬眼，戴口罩的姑娘正坐在小板凳上，拿着小镊子聚精会神往手机壳上粘水晶。

"瑶瑶！"我试探着叫。

"呀，欢姐！"姑娘站起来眼睛眯成两条缝儿。

瑶瑶是厂里的行政助理，我们虽不是同年同月同日进厂，却是同年同月同日失业，而且同样有着抵扣工资发放的N部山寨机。

"这能卖出去么？"我好奇。

"还行！咱们产品不差的，正品有的功能咱都有，正品没有的咱也有，而且声音大、待机时间长、能换电池，关键是便宜！批发市场卖500，我这卖380，唯一缺点是咱没店，不能提供保修，所以得碰上识货的。自己卖货就是烦一点儿，有时候遇着那客人吧，纯粹找茬儿，买完了又回来退，说是假的。你说这不有病吗！你花一块钱买千年野生大灵芝，吃完了还想长生不老，那可能吗？！手机这玩意儿，真的假的，能用就行呗！"

我笑："卖出去多少了？"

"差不多卖完了，还有十来个。"

"真的啊？我把我家的也拿来给你一起卖了吧！一部100，赚的钱归你。"

瑶瑶当真："行啊！对了姐，你找着工作了么？"

我摇摇头。说话间，两岸小贩挑起扁担板凳如丧尸猛禽嗖嗖往下跑。瑶瑶慌了神，弯腰端起盒子塞我怀里，自己则把地摊四角一拎，将简易包袱甩在身上，推我一把："快走姐！城管来了！"

我哪经历过这个？身材瘦小的瑶瑶在我眼前瞬间跑成了一股烟，我跟在后面抱着盒子紧着迈腿，迈得血脉贲张大脑缺氧，还是让个小伙子一拽胳膊扯了个天女散花，手机盒稀里哗啦摔一地。我上气不接下气，索性坐台阶上喘。

城管男一脚把盒子踢飞，像抓着共党一样威风十足，叉腰近距离指着我的脸，吼："你！给我站起来！把东西捡起来！"

我把近在咫尺的爪子打掉，好声好气："城管先生，这东西不是我的，再说是您打翻的，我没义务帮您捡。"

周围有年轻人掏出手机来拍，远处其他城管与瓜子摊老奶奶的精彩角逐同步火热进行中，只消数十秒，结果便见分晓——毫无悬念的，老奶奶完败。炒货下雨般淋在天桥下的行人头上，中奖行人有效行使了破口大骂权，两个环卫阿姨挥舞着超级扫把呼啸跑上来让胜利者下去清理干净。场面一度混乱。

人在做，人民在看，人肉搜索在召唤。

回神，面前的城管先生目露凶光，扯出单子一边填一边冲我吼："少装蒜！今天不交罚款你就跟我们走一趟！"

我拍拍屁股起身："我本地合法公民。拘留得先去公安机关申请逮捕证，我绝对配合执法。城管没有逮捕权，你真带我走我就找律师起诉你。"

城管先生恼羞成怒："别他妈跟我装明白！你他妈心里没鬼跑什么？"

我不卑不亢："我刚好走到这儿，姑娘把盒子塞我怀里就跑了，你们在后面举着棍子呜嗷喊叫，我知道你们想劫财还是劫色啊？"

不明真相围观群众响起一片热烈的笑声。

"还有……"我补充说明，"'他妈'这个词不适用于正常执法，作为纳税人，我也有权投诉您，这么多目击证人，咱用不用较真儿？"

过来三四个城管问他在干吗？他很丧气地骂了句"癫线"（神经病），然后在环卫阿姨的监督下，几个人把散落的手机捡起来，连同没砸烂的果蔬玩具小五金一起装车走人。

人群渐渐散去，我给瑶瑶打了个电话，让她晚上来我家拿手机。

05

"今天吓着你了吧？"瑶瑶喝着老妈煲的糖水笑问。

"那倒没，不过下午看你那动作，老手啊！之前练过？"

"熟能生巧呗！刚开始练摊的时候啥也不懂，都是前辈们教的。第一，东西不能带太多，这样被城管追的时候才好脱身；第二，现金不超过300，卖了货把整钱存了再接着卖，钱在身上一旦被抓就亏大了；第三，你看我选的那地方没？天桥，眼观六路，耳听八方，一看下面有动静马上打包从另一方向跑……"

"城管要从四面包抄一起上呢？"我问。

——这种情况在兵法上讲是围歼，民间称之为打埋伏，也是我们俗话说的包饺子。

瑶瑶笑："你说的这种情况以前有几次，听说是念过大学的城管想的，有一次把几个小贩逼急了直接往桥下蹦，一死两残，砸坏一台车，造成五车连环追尾，还把一个女司机吓成精神病。后来就没人敢用这招了，毕竟执法部门要钱不要命。"

我替舍生取义的汉子在心里降半旗。

"那些罚没的东西怎么处理啊？"我好奇。

"他们专门租个大库，里面啥都有，交了罚款把货领走，不交的就那么放着，放烂了扔，听说到了夏天一车一车往外扔烂水果。"瑶瑶有些心疼，"真是可惜，有人穷得连个苹果都吃不起，可有些好东西就这么放到烂。"

"这些不是咱们能解决的问题。"我心态平和地把手机逐一放进环保袋里,"智者不语,能动手的时候别吵吵,动不了手就少管闲事。"

瑶瑶点点头。

"不过你这么赚钱也不是长久之计,还是再找个工作吧!"我劝。

"能找着工作还说什么呀!"瑶瑶把袋子放在脚边,环顾了一下四壁,说,"欢姐,我不像你,生在好家庭,城市户口,独生子女,高学历,即使不工作家里也不愁。我家是农村的,上面有三个姐,下面还有一个弟弟,我从小跟着妈被计生委的人撵着跑,12岁出来做童工,当时在生产线上一干就是十几个小时,腿都快站折了。16岁那年,厂里一个当领导的大姐觉得我聪明,带我来广州,培训我在她的 SPA 馆里做技师,我可开心了,每天只需要工作 8 小时,没客人的时候可以歇,还能给家里多寄钱,所以特别珍惜那个工作。大姐对我也好,给我报了自考课程,不忙的时候就让我去上课。我念的是英语专业,知道自己底子差,就拼命学,拼命记,考了三年半,拿到专科毕业证。欢姐,我知道你可能看不上专科生,但你知道这对我意味着什么吗?"

瑶瑶眼里噙着泪:"意味着我离开大姐也能在城里找工作了。"

"你不说大姐对你很好吗?"

瑶瑶感伤中掺着怨恨:"大姐很好,但大姐的男人是个烂人!"

我错愕。

瑶瑶用手背揉揉眼睛,苦笑一下:"算了,都是过去的事了,从 SPA 馆出来我就应聘到林总的公司。说了你可能不信,过去的三年,是我最开心的三年。"

我想起每天早上到了办公室,都看见瑶瑶擦桌子分报纸;每次加班牢骚漫天，瑶瑶都仍微笑面对；每回集体活动聚众讲老板的八卦，瑶瑶都不发表任何意见……原来她并不是谁的眼线，只因为经历过太多。

"真不好意思欢姐，跟你说了这么多莫名其妙的事，今天我有点儿激动，你别介意。"瑶瑶起身。

"没什么，以前的事我帮不上忙，以后有事给我打电话，你这个妹妹我认了。"

瑶瑶很开心："真的？"

我把袋子拎起来放在她手里："这些别跟我算钱了，有合适的工作我帮你留意。"

瑶瑶急着翻钱包："那不行！我不是让你可怜才说那些事的……"

"我知道。"我把她的手和钱包一起推回去，笑道，"物尽其用。放我这儿也是长毛。"

瑶瑶红了脸，有些不好意思："其实我还有其它收入，我做替考，专门代过英语考试，四六级、成教英语、自考英语都行，如果你那边有人需要就来找我，保过。"

"不怕被抓吗？"我诧异。

瑶瑶笑容谦和："可以提前疏通关系，我男朋友是专业办证的，路子挺广，不光这些，还能帮落榜生进一类大学，帮简历不好看的人补学历，本科生研究生都行，就是贵，要几万甚至十几万，反正你这边有朋友需要就找我，我让他们给成本价。"

"你俩怎么认识的？"

"替考时候认识的，刚开始我觉得他不像正经人，不敢和他交往，后来觉得他挺仗义，对我也好，就接受他了。我这几个月没工作，一直靠他，姐你什么时候有空让他请你吃饭。"

"好。"我敷衍。

送走瑶瑶，莫名失落。今天信息量太大，恐怕一个晚上无法完全消化。虽然时至今日，我知道文凭证明不了什么，学历不如能力重要，可倘若瑶瑶说的都是真的，那我过去的19年有什么意义？爹妈为我花掉的那些钱又都换来了什么？

06

带着思考奔跑，我挥汗如雨。阿多尼斯好像一只蝴蝶飞进我的窗口……视神经与小脑没协调好，我脚一软向后仰去，斯及时张开臂膀将我拦腰截住，胳膊非但没折，还能硬挺挺向前大跨一步按停跑步机。

我相当不好意思，对不起没说出口，倒是孙磊先行抱歉："没事吧？"

"没。"我羞涩，"幸亏你在，不然我要赔偿公共设施了。"

"器材坏了没关系，你要有个三长两短我罪可大了。"孙磊抿嘴一笑，"今天不用上班吗？"

"呃……补休。"

"做什么工作啊？"

"会计。"

"真好！女孩儿做会计挺适合的。"

——女孩儿！听听！我在美男眼中还是小蓓蕾！

"昨天有客人在，没亲自接待你，不好意思啊。"

"没事儿，我主要来看看环境。"

"听cici说你咨询私教课程？"孙磊表情比宠物还天真。

"嗯，问了一下，不知道你的课程满没满……"

"你订的话，满了也会给你开后门，房东嘛！"孙磊露出一排整洁的小白牙。

我又开始犯晕。

"我看看……"孙磊性感的手指隔着衣服轻轻捏过我的肩、臂、腰、大腿、小腿。

手指触碰过的地方霎时骨肉分离。

"你的肉不扎实，好减，腰和大腿是主攻部位，即使不买课程也要记住，无论怎么减肥，都要少吃多运动，如果听话坚持，一周掉5斤不成问题！"

"那咱们现在就开始吧！"我心一横。

"嗯？"孙磊愣住。

"我去交钱，你现在不是有时间么？那今天就算第一课吧！"我毅然决然向前台走去。

"我跟你一起去吧！"孙磊体贴地走在我的右边，"多送你一节课。"

日上三竿。在专属于他的玻璃房里，我们面对面，手拉手，脚对脚。

"我们先来做一组拉伸练习，把筋抻开。"孙磊认真凝视我。

与美男十指紧扣……真心想死。

三壁镜子真实反射出我上半身的弹簧型身材，随着我们每一次的前躬后仰伸缩，就像手风琴。

——和手风琴拉伸会擦出火花吗？

我心在淌血。

"怎么不开心？"拉伸完了，孙磊问。

"没啊。"我慌神。

孙磊洞穿一切："说吧，什么事？是不是钱花猛了回家跟大房东不好交代？"

悲情瞬间被渲染上喜剧色彩。

"不是。"

"那是什么？"

"我太胖了。"我小声回答。

"你太敏感了。"孙磊笑得像个孩子。

"你不用安慰，我心里有数。"

"真没你想的那么糟，会员里的胖子可多了，你都排不进前十。"孙磊喝口水。

"你说的是男女混合算吧？"

"我说的是胖姑娘。"

"真的假的？"

"真的。不过你要努力呀！你这么高，瘦下来绝对美呆了，说不定能成为我们健身中心的 super star 呢。"——孙磊的表情不像在骗人。

"Super star？"

"是啊，能送你一本专业摄影写真，还能给你两年免费健身卡。"

"真的？"

"当然。咱们来进行下一组练习吧。仰卧起坐。"孙磊放下水杯，示意我平躺在垫子上，蹲下抓住我的两个脚踝，梦幻的脸刚好出现在我膝盖上方。

"起！"

我抱住头，浑身充满少女的活力，一次比一次更努力地向梦想贴近……但终究和梦想隔着一个肚子的距离。

Frankie Valli魔咒般的声音通过中央音控穿透大厅穿透玻璃房也穿透了我——

> I love you baby
> and if it's quite all right
> I need you baby
> to warm the lonely night
> I love you baby
> trust in me when I say

副歌刚过，声音出现重叠，更具穿透力——

> 白龙马 / 蹄儿朝西 / 驮着唐三藏跟着仨徒弟 / 西天取经上大路 / 一走就是几万里

竟是孙磊的手机……

"抱歉！"孙磊松开手接电话，我轰然倒地。

"喂？不行。我在上课。嗯。不行。再说吧。"语气冷冰冰。

手机放在一旁，脚踝再次被强有力地抓住："再来！"——声音恢复温情。

手机在地板上不停震动，我一边起身一边溜号，质疑："不接吗？"

"你看我，专心点儿。对，47、48、49、50，好！站起来放松一下。"孙磊完全没接话茬儿，任手机无声颤抖着。一直。

晚饭前，我已饿得狼狗一般，闻着妈的菜香便神魂颠倒。

妈喊："开饭！"

我先爸一步扑上桌，手机不合时宜地唱起来。无奈，放下碗筷，抬手，震惊——那、那、那名字！竟然是，阿多尼斯！

"喂？"我心律不齐。

"房东，提醒一下，晚饭最好别吃，如果扛不住，就只吃菜，别吃肉和主食，可以吃水果喝酸奶，知道吗？"孙磊富有磁性的声音让我既纠结又惆怅。

"哦。"我挣扎。

"没别的事了，记着明天按时来健身，要巩固，第一周很重要。"

"好。"

放下电话，耳根发烫，我依依不舍看了眼餐桌，而后头也不回地飘回房间。

爸妈分别将筷子插在各自嘴里向我看齐——他们应该可以理解，在灵长动物的世界里，精神完全可以驾驭肉体。

不吃晚饭的滋味……谁挨过谁知道啊！

我躺在床上假寐，欺骗自己已经睡着了，大肠小肠却此起彼伏鸣唱着，彰显它们的存在。

不知是真睡着了还是饿昏过去了，我开始觉得安详，身体变轻，思维模糊，丧失意识……手机又不合时宜地响起来。

痛不欲生抓到耳边按了接听键。

"你谁啊？"——一个女声在听筒里问。

我怀疑自己听错了。

"你谁啊?"——对方又问。

我问:"你谁啊?"

"我先问你的!"

"你有病啊半夜打我手机问我是谁?"

"我是孙磊女朋友!你谁啊?"

我隐忍,压下火气:"你问孙磊我是谁吧!"说完就挂了。

手机调成震动。不多时,再次觉得安详,身体变轻,思维模糊,丧失意识……

然后啪的一声,震动中的手机从床头柜震到地上,继续动。

叹气,绝望地捡起手机放耳边。

"你在哪?"——对方一点儿都不困的样子。

我有气无力:"我跟孙磊一点儿关系都没有,你俩的事自己解决,别骚扰我!"

挂。

手机再响,一个女人歇斯底里地喊:"你在哪?你给我等着!"——然后把电话挂了。

我一骨碌爬起来,三下五除二穿好衣服,盘腿儿坐床上,心想等着就等着,我在自己家还怕你不成?

坐等半小时,睡意全无,超强饥饿感贯穿全身,小区没有任何动静,我气急败坏把电话拨过去:"×你大爷的,你在哪?我去找你!"

对方把电话挂了。

再拨过去——

"您好,您拨的用户已关机。"

07

我一直跑一直跑一直跑，跑得那叫一风驰电掣。20多万的力健 Life Fitness 商用跑步机在我85公斤级的大体格下有节奏地喊着哼哼哈嘿。如果跑步机也会说人话，我猜它此时此刻正在飙脏话。

"冰冻三尺非一日之寒。你这么突击是没用的，要循序渐进。"孙磊如清风闲云款款走来，表情依然那么淡定、迷人、帅。

准备了一宿的外交部标准谴责词瞬间幻化为字幕，在脑中无声飘过。

"来多久了？"孙磊问。

"有一会儿了。"

"怎么没打个电话约课啊？"

"嗯，想自己练一会儿。"

"现在我有时间，要不要上一节？"

"呃，我差不多要回公司了。"

"下班还过来吗？"

"昨晚你女朋友给我打电话了。"我呼哧带喘地从机器上下来，直入主题。

"嗯？"孙磊似乎没听懂。

"昨晚，你女朋友，打我电话，问我是谁。"——我四字一顿。

"不可能。"孙磊听懂了，似笑非笑看着我，"我没有女朋友。"

我一时失语，旋即错乱："她说是你女朋友，还问我跟你什么关系。"

"你怎么说？"

"我说跟你没关系。"

"怎么会没关系？"

"……"

"我是你教练，你是我房东啊！"孙磊一脸听相声的神色，明显不相信我描述的都是事实。

"她叫什么名？"

"没……没问。"

"有电话么？"

我哆嗦着把号码调出来，他迅速用自己键盘按一遍，放在耳边，而后意味深长看着我。

"知道是谁了吗？"——我准备好接受他的道歉。

手机举到我耳边，听筒女声清脆可人："您好，您拨的号码是空号。"

我满脑子都是靠！

"呀，孙教练你来这么早呀！"——身后传来老年娃娃音。

循声望去，一个脸上注射了过量防腐剂的大姐不知何时飘移到我俩中间，身上高浓度杀虫剂味儿让我情不自禁连打两个喷嚏。大姐显示出无与伦比的速度、激情与高效，从千里传音到断球过人只用了三个瞬间。喷嚏打完，再一抬头，孙磊已被她挟持到世界的另一边，连再见都没来得及说。

视网膜自动感光成像五倍变焦画面：大姐捏捏自己手臂上的拜拜肉，用和情人撒娇的语气示意孙磊也可以捏捏；孙磊捏完，指指划船机，并指导大姐坐下，笔直站在她身后；大姐握住两个手柄，腿蹬直，胳膊绷紧，用力，一声少儿不宜的"啊~"划破长空；后脑顺利抵达孙磊裆部；孙磊含蓄一笑，提裆，柔声细气纠正大姐动作；大姐作娇羞状，猫腰俯身，再好死不死的"啊~"一声猛向后仰去……这种丧权辱国的剧情我实在看不下去了，匆忙收好眼睛下楼冲凉。呼吸道像呛进了劣质十三香，一想起孙磊无邪的眼神便肝肠寸断。

08

我虽是一个不思进取的人，却同时也是一个自尊心强的人。一旦受到外界刺激，我的优点就像缺点一样突出。倘若没有大姐的视我无睹，我一定不会如此急迫地满街找工作。倘若有天我被迫成了成功人士，那这一章回忆的小标题理应是——

大姐照我去战斗。

就算不看学历，我也从未低估过自己，比起蜜罐里浸大的非主流们，我有着数之不尽的生存技能，比如会骑自行车、会用五笔打字、会擀饺子皮、会讲一口流利的东北口味广东话……每每聊以自慰的时候，与我相隔8小时时差的表弟总会在Skype对话框里揉着惺忪的睡眼不屑一顾："干！我还会捅小姑娘呢！"

之后我便依国际惯例用力把他的脸扣到键盘上。

来日方长，表弟的生平简历择日再表，当务之急还是找工作。

一周后，我意外进入一家私立英语学校做出纳。学校创始人是一对华侨老夫妻，男的风度翩翩就像我爸，女的仪态端庄一点儿都不像我妈。总之，就是典型的绅士配名媛。名媛录用我的那一天，我也百思不得其解——同期面试的还有两个靓女，按说我胜算几率不大，最终拔得头筹全靠人品爆发。又过了一周，我才知道，所谓人品全是浮云……阎王要你三更死，不可留人到五更。

礼拜二。午后无风。阳春布德泽，万物生光辉。

我吃完减肥午餐，正在脑海里画饼充饥，一个海拔凌我之上的九头身美妞以墨镜护脸，如入无人之境，颠儿过财务区，继续向老板办公室颠儿去。我还没来得及效警犬之力，妞已推开房门，门响过后，可供大boss视察工作的百叶窗也唰的一声落下帷幕。我奔过去，正欲推门护驾，戏剧性台词翻墙过耳——

"你怎么来了？"——男。

"你有那么怕她么？"——女。

"走，我们出去说吧！"——男。

我百米冲刺扑回办公桌大气不敢出。半晌无声。八卦细胞满脑子乱窜，遂又冒着生命危险重新过去把脸贴门上——

"别紧张，我不是来逼你的，我知道你是个好人，你不想伤害我，也不想伤害她。"

"你知道就好……"

"昨晚我一宿没睡，我不想让你再这么为难下去了，也不想继续折磨自己，所以我做了一个痛苦的决定。"

"宝贝……我真的、真的对不起你！无论你有什么要求，尽管开口，我会尽力满足。希望你知道我对你是真心的。"

"当然知道，所以今天我来，就是想跟她当面把话说清楚，我要跟你结婚，你俩必须离。"

"啊？"

"我知道这个决定对她有些残忍，但她都那么老了，再痛苦也苦不了几年，希望她能看在我们真心相爱的份儿上成全我们。"

"宝贝……你知不知道……"

"我知道。你放心，虽然你儿女都比我大，但我相信他们会理解你的，他们是你的亲骨肉，以后也是我的亲人。懂事的话叫我一声小妈，不懂事我叫他们哥哥姐姐都行。至于财产，你想给她多少都行！我不会和她争的。"

"宝贝你明不明白，我们是不可能在一起的！除了这件事，我什么都能答应你！"

"除了和你在一起，我没有任何要求。"

"……我们还是出去说吧，万一她过来，撞上了不好……"

"有什么不好的！你不是爱我吗？你不是口口声声说她是你的安眠药我是你的氧气瓶吗？你现在的态度是想怎样？是想我们一起死吗？"

"你小点声，外面还有员工……"

"我不怕！我爱你有错吗？我们彼此相爱有错吗？我要让所有人为我们的感情做见证！你打电话让她过来，她打我骂我都可以，就是不能拆散我们！"

"你理智一点好不好！……别！宝宝你干什么？快把刀放下！我错了，都是我的错！乖，别做傻事！"

"你别过来！"

"我不过去……宝儿我给你跪下了，我求你，别做傻事！都是我不好，你先把刀放下听我解释好不好？"

"不必了……我什么都没有了……一年前，有个老板说他喜欢我，送我一辆SUV，还给我20万首付买房子，我不喜欢他，但也想过好日子，所以很犹豫。然后你出现了，我觉得你有气质、有修养，我是真心喜欢你，就拒绝那个老板一心一意和你在一起。我不介意开 Smart 租公寓，我只想和你的感情有一个结果……现在青春没有了，感情没有了，什么都没有了……"

"有！有！宝宝你把刀放下，我也给你 20 万交首付！"

"……这一年里房价一涨再涨，假如当时……"

"我给你 30 万！"

"车也不像刚买时那么好开了……"

"50！你可以再买一辆好开的车！"

"你以为我是来跟你要钱的吗？！"

"我知道你不是，你不是！这些是我对你的补偿，我真的是身不由己啊宝贝！你还小，我的苦衷你体会不到，但你要相信我是真心爱你的……你这么年轻、这么漂亮，外面还有很多人追求你，你就把我忘了吧！好吗？"

"……可是我舍不得……"

"好了好了我知道，这里不能待太久，她回来你就一分钱都拿不走了。我不想看见她伤害你……"

争吵声渐弱，门口响起脚步声。

我再次扑回办公桌，急中生智抓起桌上缠成一团乱线的耳机，胡乱往耳朵里塞，左耳塞了声筒，右耳塞了个插头，差点儿没把自己捅死……门已开，只能将错就错往后一仰闭目装死。

"小常。"老绅士叫，"常欢。"

我如梦初醒揉揉眼睛把耳机摘掉扔桌上，从瞳孔中挤出一片茫然。

老绅士看着会计的办公桌问："惠英呢？"

"王姐午休还没回来。"

"你填一张 50 万支票，盖好公章拿进来。"

"哦，那审批流程？"

"先开支票，流程后补，快一点！"——老绅士一反常态显得急躁不安。

"哦，那收款人写……"

"不用写，盖好章拿进来就行！"

我恪尽职守。悻悻填好支票。刚一敲门，老绅士的手伸出来扯走支票，反手将我关在门外——这个风度一点都不像我爸。

两分钟后，美妞沿原路袅娜颠儿走，墨镜依旧，表情与来时并无异样。我真想追出去给她跪了。50万啊！丫短短几分钟就能赚50万！看着这种成功人士，你会觉得自己的每一次呼吸都是在浪费生命。小时候老师总说"书中自有黄金屋，书中自有颜如玉"。——这根本就是不良书商的植入广告！真理一直都是：颜如玉有黄金屋！跟书有个毛线关系啊！

知识改变不了命运，但整形可以。我低头饮恨看看依然健在的肚子，心想女人真该对自己狠一点儿，从明儿起我要把午饭也戒了！减肥不再是一种健康生活方式，也不仅仅是争取爱情的必备条件，而绝对是屌丝在世的生存之本。

又过了一会儿，老绅士失落出屋让我补填支票手续："写学习考察经费吧！刚才这个钱如果赵总和惠英问起来，你就说是……"

"税务部门的公关费？"——我睁着眼帮他编瞎话。

老绅士眼前一亮："对。你做这一行都懂的，有些时候……破财挡灾。"

心里一阵反胃，幸亏中午吃得少，不然能把结石都拐出来。

"小常来公司多久了？"

"一个礼拜。"

"嗯，你业务挺熟练的，一会儿我跟人资说一下，这个月就给你转正，以后每个月再加500补助，拿增值发票报销。"老绅士说完踱着优雅的方步走了。

反胃感立马消失，今日的老绅士看起来格外帅气。

下午名媛回来给销售部开会。隔窗端详，霜华老树面对一片胭脂嫩脸，眉眼间的自信却不输一分——娘娘就算不得宠也能把妃子贵人逼上绝路，这就是正宫气场。

09

接连几天，老绅士很忧伤，我也很忧伤。他忧伤不知是因为新欢没了还是支票没了，我忧伤纯粹因为肉一直都在。

减肥第17天。体重162。目测却没什么变化。

下班到健身房报到，忧伤加剧。我越来越觉得孙磊遥不可及，他身边总流动着不同的大姐：长头发的大姐、短头发的大姐、E罩杯的大姐、A罩杯的大姐、山一样的大姐、缸一样的大姐……简单说，就是命犯各种大姐。那些大姐眼中流露出令我不爽的光芒，更令我不爽的是——孙磊从不拒绝。

今天他伺候的是女强人。女强人真的很强，玩跑步机都一定要比别人多跑一公里来彰显她的霸气。基本上她用完的器械别人都不敢接着使，总感觉再施一成功力，器械就立马散架子讹上谁。看着他与女强人眉来眼去肌肤相亲，我黯然坐在无人区里，加了两组杠铃片玩命练大臂。

多日吃不饱、强体能，再加上来自多方的精神压力，我在三个合掌后忽然印堂一热，眼前放百千万亿大光明云，耳畔传来檀波罗蜜音、尸波罗蜜音、羼提波罗蜜音、慈悲音、喜舍音、解脱音、无漏音、云雷音、梵音妙音海潮音，脑中快速闪过四大王天、切利天、福生天、广果天……乃至非想非非想处天。

恢复意识时自己躺在休息室，视线里，孙磊拧紧的眉毛舒展开，冲门口大喊："哎！醒了醒了！别打电话了！"

我坐起来，右脑隐隐作痛，孙磊递来一杯糖水："喝了吧！肯定是低血糖，我跟你说过突击达不到效果还伤身体。"

我抿了一口水，下意识用手揉脑袋。

孙磊亲手帮我揉痛点："你刚才当的一声就磕地上了，把我们都吓坏了。"

喝着糖水，享着头部按摩，心眼儿都让蜜糊住了。早知道有这待遇，我早就磕地上了。

"谁送我进来的？"

"还能有谁？我呗。"

"你一个人？"

"是啊，你小看我？我扛煤气罐能一口气上五楼的。"

——这真是我听过最美妙的隐喻。剩下的甜蜜一顺水都呛气管里了。我不停地咳，掩饰不了内伤。

"慢点儿慢点儿。"孙磊体贴入微，"一会儿我送你回家吧！今天可以早点儿走。"

冲完凉，走出健身中心大门，孙磊已在夜风中等我，A&F 的工字背心在他身上紧绷得像丁字裤一样性感撩人。

"打车还是走路？"——我期待他回答后者。

"我开车了。"孙磊引我走向停车场。

我们朝一辆黑色X6笔直前行，每接近一步，勇气就下跌一分，待到车前，气已跌至零下。他是高帅富，我是煤气罐，旁边还围了一圈如狼似虎的多金大姐……收复失地谈何容易？

孙磊自然地抬起手臂按下匙扣，X6旁边的柠黄Smart灯光闪闪应声解锁。我立马呆住，一脑门儿乱码，看看X6，又看看Smart。

孙磊笑笑："上车吧！"说罢，七尺男儿身塞进罐头瓶里。

透过车窗向里看，我退缩："行不行啊？"

"没问题！"

"你确定咱俩都坐进去不会爆缸吗？"

孙磊招招手："平地没事儿，上坡你就下来走两步。"

擦！这是夸车呢还是骂我呢？

忍辱负重挤进去，空气一下子变稀薄。挡风玻璃前的路人好奇地看过来，就像在观赏保鲜盒里的俩馒头。这种座驾注定不是给我这个尺码的人研发的，扭头看看孙磊，也不像为他量身设计的。我想问：挺大个老爷们儿为啥买这么纤巧的车？还挑了这么娘炮的色？……他转头冲我一笑，打消我所有困惑。

"到了。"孙磊提醒。

"哦。"我慌忙抠开门柄把自己释放出去。

孙磊隔着玻璃摆摆手驾着小娘炮走了。我一个人进小区、按电梯、掏钥匙，心有千千结。就这么把他放走了？夜长梦多，机会难得……我在门口放下钥匙举起手机："喂？你到哪了？要不要一起吃宵夜？

我爸妈去看电影没回来，我忘带钥匙了。"

孙磊沉默了一下："那你来我家楼下吧，我正准备喝点儿酒再上去。"

脑海里勾勒出一幅寂寞帅哥于流莺之中独自饮酒不为所动的销魂画面，我迫不及待奔跑下楼当街拦车。

10

711便利店。

日光灯、对窗位、并排坐，两米距离还有收银台和收银员。孙磊拎了两大瓶珠江纯生，按在桌上，掏出全钢诺基亚板机，用一角卡住瓶盖，向上一翘，瓶盖嘭地飞起……我都看傻了！孙磊自豪地扬起嘴角："帅吧？"

我猛点头，心想果然是智能手机，功能强大啊！

"你平时都在这儿喝酒？"我冒昧地问。

"是啊，离家近嘛，还有免费冷气。"

"咖喱鱼丸八粒！"——收银员隔着两米叫。

我起身去结账，回头问孙磊："你吃什么？"

孙磊摇摇头。等我怀抱鱼丸坐定，他用牙签叉起一粒放嘴里，说："看你今天晕倒的份儿上准你吃两粒，晚上不要吃太多，不然前功尽弃了。"

慢慢咀嚼珍宝一样的鱼丸，一粒没嚼完，孙磊又不见外地叉走一粒，还嗞了口啤酒！心中多有不甘，不便发作，只有快手把剩下的鱼丸扎在一根牙签上并加快下咽速度。

"听口音你是东北人吧？什么时候搬来的？"孙磊问。

这个问题十几年来一直困扰着我——为什么北方人举家迁徙到南方？这里有什么特别之处？在这里吃得惯住得惯吗？

每一次，我都对不相干的人说因为我们全家都喜欢吃酥皮蛋挞。事实上，我讨厌这里冬季潮湿夏季酷热过年不下雪开春雨不停，讨厌菜没菜味饭没饭香，讨厌这里的天永远都是灰的、粤语那么不容易掌握……而这里唯一特别之处，就是我们全家都可以活着。

我爸当年是东三省最大化工厂的总工程师，这个头衔在他们那个年代相当拉风。我高三那年，爸受邀成为政府某项目招标决策人之一，一家资历尚浅的民营企业也来竞标，第一轮就被意向筛掉。公布结果的前一晚，家里来了陌生访客，拎着10万现金想请爸投赞成票，说事成之后还有表示。爸婉言谢绝。第2天结果出人意料，前一日全数否决的七个人有五人都选了那家民企晋级，坚持否决的只有爸和他多年的好友张叔叔。听说张叔叔也受到"礼遇"，但他当面斥责了送礼的人，还把这家公司举报给上级领导。十进三后，要经过二次调研，两周后宣布中标结果。终极投票前三天，张叔叔年仅6岁的儿子"意外"被自家餐刀割喉死在洗手间里，案发前邻居没听见任何声响，案发后警察没发现任何痕迹，最终定案是儿童玩刀不慎自杀……投票前一夜，陌生访客又来了，带着20万现金，微笑着跟爸说，知道我今年考大学，大学开销大，所以来意思一下。爸礼貌地把钱退回，说明白自己该做什么……第2天爸投了弃权票。第3天爸扔掉铁饭碗。第4天我被迫停学并举家从祖国的右上角迁来右下角。

事情就是这样。

孙磊表情讶异得像是亲眼目睹我生吞进一个冰箱。

我从他手里抠出纯生，仰头灌了几口。

介绍完我爸，就没理由不介绍一下我妈。

我妈是一个相当好强的人，从小念书成绩就没下过第二名，考马克思主义哲学，人家是按范围押题，我妈是不吃不睡把整本书背下来，你随便翻一页念一行，她就能马上背出下面的章节，连标点符号都不带错的。当年如果不是上山下乡，她现在至少是位博士生导师。这种好强也体现到了方方面面：抢煤核，我妈是第一名，把一起竞争的大孩子挤得直哭；捡牛粪，我妈是第一名，把拉不出屎的老牛捅得哞哞叫……当红卫兵的第2天，我妈就能站在自家院子里指着我姥爷破口大骂："钱良友！你个走资派！你就是牛鬼蛇神！你给我买自行车让我走资本主义道路！别人家里什么都没有，为啥咱家什么都有？打倒我爸！"后面一群红卫兵振臂跟着喊，然后跟随我妈冲进姥爷家里把青花瓷翡翠碗摔个稀巴烂、古书字画撕成条、祖传金银器充公上缴……为我妈换来几句广播表扬和一朵大红花。而今每每在电视上看《鉴宝》节目，妈都一脸痛不欲生的神色，二B没有好下场这个定义她肯定是深有感触。因为太好强，妈身边基本没朋友，上学时候谁作弊她就告发谁，上班后谁贿赂她她就举报谁，作为从业20年一笔错账都没有的大型国企财务副总监，93年第一批下岗人员名单里排第一名的就是她。回家那天妈把脸埋枕头里呜呜哭，还是姥爷亲自过来做她思想工作。姥爷说当年看她虎逼朝天的样子真想一巴掌捣死她，后来还是想开了，人这一辈子，什么事都经历一遍才能明白事理，只要能明白，到什么时候都不算晚。

……

"所以，你们全家都是特别有正义感的人。"孙磊微醺地看着我。

"我们全家都是特别勇于向恶势力低头的人。"我自嘲。

因为当你发现投诉站就设在恶势力他们家后花园，那不低头就不是追求正义了,而是嫌自己活得太久。在有些国家,权力就是正义。你和他们讲法律,他们和你讲政治,你和他们讲政治,他们和你讲民心,你和他们讲民心,他们和你耍流氓,你和他们耍流氓,他们和你讲法律……欺侮你怎么了?哪朝哪代没人受欺侮?屈原死了还有岳飞,岳飞死了还有于谦,于谦死了还有李云龙。这里最不缺的就是人民英雄纪念碑,生命诚可贵,活着价更高。

"你呢?"我转移话题,"听口音你也不是本地的吧?"

"嗯,我大学在这边念的,毕业就留下了。"

"你哪里人?"

"重庆。我还有个双胞胎姐姐,有机会给你介绍。"

"双胞胎啊?那和你长得一模一样喽?"

"挺像的,不过她没我高。"孙磊笑着把剩下的一口酒干掉,起身,"不早了,你爸妈应该回去了吧?"

"是哦,他们该到家了。"我恢复小紧张。

夜风撩人,鸣虫唱晚,我坐在回家的计程车上,从倒后镜看着孙磊头也不回的背影,心情难以言喻。

到家发了条短信给他,等不到回音,抱憾睡去。

11

在广州上班时间挤地铁,拼人品、靠实力,得有技巧、有体力,拉得下脸皮,受得了推搡,听得惯谩骂,抱得定信念,方能按时出现在公司打卡机前。

上下班时间地铁站里有许多志愿者,职责就是往列车上推人。

今天起晚了，已然错过自助上车的黄金时段，我正在车前犹豫要不要等下一班，一双强有力的大手将我用力向前一推，车里吱哇乱叫："扑街！等下一班会死乜！"本来打算退回来，一听挑衅，心一狠就冲进去了。结果衰了，屏蔽门合上的一瞬夹到我的脚，用力一抽……人进来，鞋掉在车外。

到站后，人群迅速呈鸟兽散，没有谁在乎我的艺术人生。我伤感地看着一只没有鞋的脚，心中默念般若波罗蜜多心经。

本来就迟到了，一进屋，王姐说："赵总找你。"

只好穿着临时买的人字拖硬头皮进了总经理办公室。

"小常，坐！"——名媛和蔼可亲。

我惶恐："您找我？"

名媛含笑点点头："不急，早饭吃了吗？没吃我这儿有点心，低卡路里的。"

我更惶恐："吃过了。赵总找我什么事？"

名媛跷起小指搅拌了一下咖啡，气若幽兰："你进公司这些日子习不习惯？有什么想法没有？"

"没有没有！特别习惯，周总和赵总对我都很照顾。"

"那就好，有什么想法直接跟我说，我是个直来直去的人，能解决的事不会拖着。对了小常，最近我不在公司的时候，有没有一些陌生人来找过周总？"

我眼前浮现起九头身，头皮一麻。这句话有诈吗？是不是她已经知道了？我要招供么？招或者不招对我的职业生涯有什么影响？

"别担心小常，有什么你就说，我没拿你当外人，当时招聘你就觉得你是一个诚实的姑娘，像我女儿一样，所以对你有什么说什么，也希望你能对我坦诚。"——名媛眼神犀利。

是考验吗？

实话实说……她能容忍手下人知道她的隐私吗？

瞒天过海……会不会让我的人品在生死簿上留下污点？

"呃，周总的访客我都不认识，赵总指的陌生人是……"我小心询问，察言观色。

"有没有年轻女性，没经过前台预约直接进来找周总的？"

"有！"我斩钉截铁。

名媛眸子里灵光一闪。

"有一个靓女，挺年轻的，我问她有没有预约她没理就进了经理办公室。"

——灵光转为杀气。

"但是刚进去几秒周总就喊我把她请出去了，好像是个推销产品的。其他的……就没注意，要不您问问王姐？她在公司时间长可能会了解一些。"我说得荡气回肠。

名媛很失望，垂下眼睑："对了，上周周总给你提前转正加补助，说原因是什么？"

"哦，他说工商税务换了新人，最近要我去跑跑关系，以后办事方便，报销范围内可以请基层人员吃吃饭拉拢一下感情。"我扯谎。

"行了没事了，你先出去忙吧。"名媛恢复常态。

我起身出门，心想周总啊，您可得兜住了啊！现在工作这么难找，您可千万别连累我啊！风声要是紧的话您就别养蜜了，养也养个不会说话的吧！那么伶牙俐齿的品种真是不适合您呀！实在忍不住您就先跟名媛离了吧！您的儿女都那么大了也不用顾虑他们身心健康了，说不定他们受遗传影响在外面跟您一样忙呢。

12

健身中心的大课我多半不会错过，只有肚皮舞从来不学，对那个课的教练也敬而远之。她每每出场，无论在课房里、休息室、器械区、茶水间，分分钟穿得如同在海滨浴场——上面挂一金光闪闪的胸罩，胯间裹一圈金光闪闪的亮片，亮片下压着一层大开衩透明纱裙，开衩直接提到大腿根儿。只要她一路过，上至教练中至会员下至清洁大叔都集体中招，啥也不练了，全瞪俩狗眼行注目礼。

"孙哥有课哈！"肚皮教练扭着S型从远处飘来。

没话找话！我一边仰卧起坐，一边腹诽。

"什么时候下课啊？"肚皮停下问。

"还有20分钟。"孙磊礼貌作答。

"呀！那能赶上我的课呢！从来没见你上我的课，过来捧捧场？"肚皮含笑笼络我，故意侧身站在我脑袋旁，好让孙磊能顺利看见她的大开衩。

"不行了！"我气喘吁吁，"我穿成你这样不跟卖肉似的？把你收视率都抢了。"

孙磊笑得一松劲儿，我差点儿后滚翻。

"干吗呢教练！"

"对不起！"孙磊眯着眼，又抓回我的脚，"你也忒逗了！"

"是我逗还是你脑子里已经勾勒出画面来了？"我剜了他一眼。

"真烦人！不理你们了。"肚皮识趣地摆胯走了。

"你不用嫉妒。"孙磊安慰我,"你只要坚持也能瘦成她那样。"

"谁嫉妒谁啊?我嫉妒她裤衩上有亮片啊!"

孙磊笑着起身,把我拉起来,面对肚皮扭动远去的屁股,一手插兜在裤裆间抠呀抠呀……

"你干吗呢?"我盯着他极度愤慨。

孙磊撞上我的眼神,不好意思地笑笑:"兜儿漏了。"说完从档里掏出一个笔,在本子上记录我的体能进度。

"孙哥,前台有靓女找。"顾问 cici 小步跑过来通报。

"谁啊?"

"你姐。"

"哦,你帮我带她去水吧坐坐,我还有十几分钟下课,等会儿过去找她。"

我们并肩向划船机走去。

"是你说的那个双胞胎姐姐吗?"我问。

"是。"

"那我能去看看吗?我还没见过龙凤胎呢!"

"行。你踏实点儿做完训练再去。"

13

水吧窗前。夜幕中的霓虹映衬着完美无瑕的侧脸,又飘又柔的乌黑长发自然垂落,贴伏在颈边,偶尔随空调风飞起几丝,带着仙气儿,一袭紫罗兰真丝长裙恰到好处露出白嫩的香肩滑臂,裙袂之下,一样白嫩的脚踝若隐若现……老天爷怎么可以偏心眼儿到这种程度?!我满心满眼都是嫉妒。

"姐!"

随声转头,微笑,起身,四目相对,似曾相识。

"我姐孙淼。"孙磊转脸向姐姐介绍,"常欢。我的会员。"

孙淼看着我自语:"哎?好像在哪见过。"

声音一出我差点儿又给跪了——怎么这么巧啊!

"中英街英语学校。"我激动作答。

仙女眼里掠过一丝不安。

孙磊不知隐情,好奇地看向我:"你们见过?"

我还没应,仙女抢答:"前两天突然想学英语,就去咨询了一下,真巧。"说完急着从桌上拿起一沓车辆过户资料递给孙磊,"这个给你,我都办完了。"

孙磊接过资料翻了翻。

"吃饭了吗?一起吧!"孙淼似笑非笑看着我。

孙磊把资料合上一抬头:"我有个会员马上到,今天得到10点,要不你先回去吧,改天再吃。"

"那我俩去呗!一个人吃饭没意思。"孙淼看着我话里有话。

"好啊!"我欣然应声。

孙磊异样地看了我一眼:"你还敢吃?晚饭最胖人了。"

"偶尔一顿没关系,我们去喝点东西也行,走吧!"孙淼拎好包包。

"等我一小会儿,我洗个澡,很快。"我抹了一把额角的汗。

"那我不管你俩了。"孙磊扎我一眼,"你心里有点儿数啊,别前功尽弃了。"

我猛点头。

14

仙女果然够仙儿，头发一系一放就能打造万种风情，束如脱兔，放如处子，不像我，扎起像搞艺术的，散开像玩摇滚的，扎一半就是蜷川新右卫门……我一边往身上打泡沫，一边比照仙女寻找自身差距。言行可以模仿，五官与腰围却是任何品牌都打造不了的气质。

目前我唯一能战胜她的也只有体重了。

15

带着朝圣心理坐上孙淼的纯白Q5，光洁的皮座散发着新车风味，心情莫名好得冒泡。

"你在这个学校工作多久了？"孙淼开门见山。

"没到一个月呢。"

"周总老婆经常去吗？"

"他俩轮流在学校坐庄，赵总在的时候多一些。"我有一说一。

"那天我走以后她回去了吗？"

"快下班的时候回去了。"

"他俩见面以后说话正常吗？"

"正常啊。"我转脸看了一下孙淼，自以为是开解她，"你别嫌我话多，我觉得以你的条件，完全可以不用这么委屈自己的。"

孙淼脸上浮现出一个天使的笑容。

信任别人是这个世界上第二美好的事情。

第一美好的事情是被人信任。

其实我想跟仙女说：被老男人毁了不是你的错，长得像个包子就别怪狗跟着。人在街上走，难免会踩屎，不小心踩上就认衰吧！不要因为记恨就踩来踩去，不解气还容易把自己搞臭。

车在老城区黄金路段停好，孙淼熄火开门："走吧！"

"这里让停车么？"

"可以。"玉手温柔将门甩上。

"那收费贵吧？"

"有点儿。"

"多少钱一小时？"

"200停一次。"

擦！那不是罚款？

聪明人能先人一步说出他们想说的话，智者却能干出别人永远也干不出来的事——孙淼向前几步，把前辆私家车侧窗上贴着的罚单揭下，走回来从容地粘在自己玻璃上，而后又自然捋了一下秀发，妩媚地挽住我的胳膊："走，里面有一家溜肥肠可好吃了，你吃不吃肥肠？"

我怔怔看着仙女，大大地崇拜，死啦死啦的有。

16

你无法想像一个穿着飘逸长裙的美人深夜坐在大排档吃麻辣肥

肠是怎样一幅画面。

孙淼便是这滚滚红尘乱世中的一朵大奇葩。

开筷没多久,她便点题:"我的事,磊磊知道的不多,你们平时聊天没必要说起我,我也懒得跟他解释。"

我嗯了一声,盯着肥肠喝着茶。

"不吃么?"孙淼嚼着问。

我摇摇头,抬头问:"你们不常见面么?"

"我来广州比他早,有自己的生活圈子。他现在能自力更生了,平时有事打电话,没事就各忙各的。"

"你们爸妈也在这边住吗?"

孙淼停止咀嚼睁大眼睛:"他没跟你说啊?"

我疑惑地看着她。

"那有机会等他跟你说吧!"孙淼继续往嘴里塞肥肠。

莫非他们有一个传奇身世?我陷入无限遐想,脑中检索出所有孙姓明星名人,逐一进行脸部识别。

手机欢唱,孙淼接起来,突然变了脸色:"在哪?你帮我盯一下,我马上到!"随后冲老板招手:"买单!"

匆忙出门,仙女飞向 Q5,讲义气地把违章罚单还给前车,不讲义气地回头冲我说:"对不起啊!我有点儿急事,你打个车回家吧,改天再补请你!"

我有些失落,也只能说:"别客气。"

车开出去 50 米又倒回来,仙女按下车窗问:"你晚上有事么?要不陪我办点儿私事?可能还需要你帮个小忙。"

摇身变回有价值的人。虽不知能帮上什么忙,但能和仙女在一起,学习些先进经验也是好的……这么想着，我高高兴兴上了车。

17

一路飙车到珠江新城，我们停在一家红酒会所外。

熄火。孙淼向会所里望了一眼，一脸平静地向我介绍："我男朋友，被人撞见和一个女的在一起。"

大脑瞬间短路，怎么还有一个男朋友？

孙淼敞开天窗，换了张碟，在迷幻乐中燃起一支 MILD SEVEN，纤长手指夹着烟盒递给我，我摆摆手。孙淼便在歌里悠闲抽着小烟顺便盯梢——如此沉得住气，果然是做大事的人。

三支烟的工夫，作为猎物的两个人搂脖抱腰从会所里出来了，上了一辆英菲尼迪。

Q5 保持 100 米间距尾随其后。

英菲尼迪在一间公寓酒店前缓行了一段，而后进入地下停车场。孙淼将车泊在路面，寄予厚望地对我说："现在全靠你了。"

大热的天，我背后飕飕跑凉风。

孙淼说："他们认识我，算我欠你个人情，你进去，看他们开哪间房，然后告诉我。千万别问前台，前台不会告诉你，还容易打草惊蛇。我在这等你，不会有事的，事成之后我一定重重感谢你！"

后来想想，我这种人在连续剧里顶多只能活一集——总是一有人画线就跟着跌宕起伏，连雇主是不是原配都没搞清楚便把自己两肋豁出去插刀。

酒店大堂。我静若扶桑，终于等到主角再次登场。

俩人就像长满吸盘的章鱼互相勾着对方，掏证刷卡签名交替间都不曾分开。办好入住，吸盘男女步调一致向电梯间走去。我佯装打电话向他们靠拢，抢在电梯关门的一霎挤进去，还入戏地说了句"谢谢"。

重复按下他们的楼层。电梯上行。男主角的轮廓透过光可鉴人的电梯门映入眼帘，我有点儿惊讶——一米八的个儿，脸占了有一米，弯腰时明摆就是一人马。这种质素也敢劈腿？也有人争？真是瞎了仙女的狗眼。

许是盯了男主角太久，目光微偏，电梯门里的女主角表情略带敌意，那眼神里分明写着：看什么看，没见过男人吗？就你这样也配有爱情！

我心生慈悲把眼睛收起来。

叮一声电梯门开。等他们先走，我再尾随，走过他们的房间，隔两间停下，掏出钱夹，在钱夹里翻找并不存在的门卡。好在小动作并未引起欲火焚心的吸盘男女注意，在我正准备拿公交卡刷房门时，他们已经进屋了。

我舒了口气，原路返回，给仙女发了条短信：1115。

重返大堂的时候监控室里出来一位保安，客客气气将我拦住："你好小姐，请问是住客还是访客？"

我大脑一片空白，支支吾吾："呃，我找人。"

保安手一伸："请过这边一下。"

"哎，我在这儿呢！"孙淼及时从门外走进来，不理会保安，拉起我就往外走,接着演,"快点儿吧!你电话怎么打不通啊?等你等得急死了。"

手心脚心全是汗,出了门,接过压惊矿泉水,我催:"你快点儿上去吧!"

孙淼向车走去:"我没打算上去啊。"

"那你让我记房号干吗?"

"报警啊。"

我愣在风里。

夜幕下,路灯中,孙淼长裙飘飘,颇具诗意地帮我拉开车门:"辛苦了,上车吧!"

3分钟不到,一辆警车停在酒店楼下,三位民警同志鱼贯而入。

孙淼发动车子,问:"你家住哪?"

我不解:"你不看现场直播么?"

"这一段可以快进。"孙淼笑容慈祥,"先送你回家,他们进了派出所且得审一会儿呢!一会儿他会打电话求我去赎他的。"

"你怎么知道?"

"第一,警察同志不会错过这么好的罚款机会;第二,他已婚,那女的不是他老婆,承认卖淫嫖娼对他俩来说都是好主意;第三,这种事他肯定不想让亲朋好友或者客户知道,就只能找我。"

"你是他什么人?"

"前女友。"

"你对他还有感情?"

"没有也得把钱要足了呀。"

"那你还给他送钱?"

"抛砖引玉啊。"

回答条理清晰掷地有声。

彻底服了！我想……我想我日后给她跪了的机会还有很多。

三角关系中，大家只关注结果。每个人都觉得出局意味着game over，但孙淼让我知道起死回生也是一门艺术。美人易老，天子善变。在多款成功男人各自巨献的年度情感大片中，她虽不是导演，却是戏霸。她用腹黑行动逐一证明：无论新欢还是旧爱，任何跟她抢戏的演员都会遭到当头痛击。甄嬛什么的简直弱爆了，认识了孙淼谁还看宫斗啊！

我由衷对她产生了个人崇拜：这么年轻就有如此之成就，将老奸巨猾的男人玩于股掌之中，只要假以时日，必成大器。

在这个世界上，她的对手只有自己。

18

担心的事终于还是发生了。

中午刚从银行卡上刷出第一个月的工资，下午就被名媛和老绅士召进小黑屋。

名媛正襟危坐，老绅士躁眉苹眼站在名媛身边，整体造型酷似中国古代文学名著中的慈禧与李莲英。

"常欢。"名媛拖着长腔把一张A4纸甩给我，"这个是你申请的吧？"

我接过来，是老绅士让我补填的50万审批表，遂点头道："是。"

"解释一下吧！这笔钱到哪了？"名媛面无血色。

我抬头看老绅士，绅士侧目扮垂帘听政状。

我说："这个是按周总吩咐，打点给工商税务的。"

名媛脸呈45度角震慑绅士："是这样吗？"

周总点点头："是啊，我不都跟你说了嘛。"

名媛冷笑一下继续问："那收款人是谁？打点了几个人？这些人跟我们有直接关系吗？联系方式给我。"

我僵在原地看老绅士，支支吾吾："这个……我不太清楚，您问周总吧。"

老绅士突然瞪起眼来："问我什么？我怎么知道？你不说是你认识的吗？从头到尾经手人都是你，我只是给你批了款！怎么推到我头上来了？"

我一直觉得这只是个玩笑。

这必然是一个玩笑。

这怎能不是个玩笑呢？

这他妈哪里不像开玩笑啊？！

名媛继续给我施加压力："常欢，看你挺老实的，撒谎还真有一套，50万不是个小数目，今天你不说清楚，就如数把钱吐出来，否则我们会控告你挪用公款……"

"小常，只要你把钱的去向说清楚，我们是不会为难你的。"老绅士冲我挤眼睛。

事已至此，没办法再帮人往自己身上抹屎了。我盯着老绅士不卑不亢："这笔款的去向周总最清楚，支票是他亲手交给人家的，审批表也是他让我后补的。"

名媛瞪着绅士，眼里似要飞出刀子。

绅士瞪着我，眼里似要飞出刀子。

我瞪回绅士，眼里似要飞出大军刺。

绅士终于还是露了尾巴，气急败坏指着我："胡说八道！我给了谁？姓什么叫什么你给我把人找出来！找不出来我告你诽谤！"

我不缓不急："孙淼。我手机里存了她电话，等下我找给你。"

在国外生活太久的人心理素质就是不行，"孙淼"二字刚一脱口，老绅士便目光涣散一下软瘫在名媛大腿上，后面说电话的事儿估计都没听着。刚还八面威风的名媛立马慌了阵脚，顾不上审讯，弯腰一顿掐人中……

仔细想想也可以理解，凭老绅士的年龄和阅历，真的很难想像入职未满百天的员工与婵娟一年之久的情人会有什么内在联系。如果不是亲身经历，我也觉得这种假设不合逻辑。只能说——世界真奇妙。

卷铺盖走人那是必须的了。好在名媛与老绅士情比金坚，并未因我的倒戈动摇与彼此共度余生的信念。整理私人物品的时候，我陆续收到三条同样内容的延迟短信，点开，竟是老绅士一小时前发送给我的人名、电话、嘱咐及各种歉意 balabalabala……原是错怪了他。顿时心生愧疚。

关键时刻，真不能信赖 1860。

工作之外从不跟我多说一句闲话的会计王姐挤眉弄眼把我叫去，给我看了一沓照片，都是她和历任出纳的亲密合影，她如数家珍："这是上个、上上个、上上上个、上上上上个……"女孩们纵然五官各异，却都似刚毕业的模样，风尘不足，清纯有余。听说最长的做满一年，最短的只有三个月，都是因为与名媛关系处不好或与老绅士解释不清关系被迫辞退的。看来这俩人天生爱玩猫捉耗子的把戏，孙淼只是他们夫妻情趣游戏中的一款贵价道具而已。

"本来，我以为你会做得久一点……"王姐看着我丰满的腰肢发表告别感言。

擦！什么话？姐虽肥，但肥而不腻好不好！他想宠幸姐还得问姐乐不乐意呢！

端箱子走出学校写字楼，情绪基本稳定。下午3点半的阳光洒得满地都是，我眯起眼仰面朝天，天上飘着五个字儿：这都不算事儿~~

19

在这个世界上唯一不用努力就能得到的只有年龄。

而立之年，超重、空窗、失业。我像一个失控的胖子漂浮在苍茫海面，沉不下去，也摸不着岸，忽见前方邮轮上扔下一同类，定睛一看——竟是我爸！

我爸也失业了。

爸效力的工厂改朝换代，作为总工程师，本来没他老人家什么事，偏他骨子里还残存着该死的社会责任感：新东家不合规格排污，他进谏；新东家走私洋垃圾，他进谏；新东家用低价有毒材料替代高价无毒原料，他进谏……

谏来谏去谏回三尺白绫。

歇菜了爸也不死心，吃着饭还叨叨："外国人花钱往外处理的垃圾，丫当宝似的成吨运回来，找啥也不懂的农民分类，把能用的和能卖的挑出来，剩下的就用火烧用土埋，这样搞下去，且不说有没有疫情，不出一年，那个村子的水、空气和土地都得重金属超标！农民赚的这俩钱还不够看病的！"

"那有什么办法？当地镇政府和环保局都不管。你管，人家不用你了；你再管；咱可能又得举家迁徙了。"——妈长大以后确实懂事很多。

"奸商贪官哪都有，祖国就是一个大家庭。"我一边给爸盛清热败火的苦瓜瘦肉汤，一边附和，"我妈说得对，救火不能以自焚为目的。再说您也到退休年纪了，趁着腿脚好，四处走走，看看没完全被污染的名山大川。很多事咱都不愿意看着它发生，但阻止不了，太子贝勒们忙着改国籍，军机大臣们忙着把公款往外捣腾，光几个手无寸铁的愤青代表在这以血荐轩辕有啥用啊？"

爸沉沉叹了口气，不再说什么。

同样失业，我与爸的本质区别在于：爸有养老金可以拿，我没有。比较离职原因，爸属于进忠言蒙冤被贬，我是揭人底裤自绝后路……哪一条说出去都登不上台面。

"你怎么样？新工作顺心不？开支了吗？"妈嚼着饭，把关注点从爸身上平移到我身上。

"嗯，还行。开了。"我搪塞。

"顺心就好好干，你们老板能招你，说明他是一个重视实力的人。"妈又开始说我不爱听的，"不像有的老板以貌取人。"

我想实话实说，想想，还是放弃。前几日刚发布完我从制造业跨入教育业这一好消息，现在发布自己从教育业又跨回到待业……压力山大。

这手相公牌目前必须一扣到底。

20

减肥第 60 天整。体重 140。工作要找，节食奔跑也要坚持，任何事故都不能阻挠我为孙磊脱胎换骨的决心。

弹力发挥最大能效的健身服一旦缩小扩张尺度便会明显松懈下来。为了看起来美一点儿，我决定买一套新的，向 super star 的标准更进一步。

不上街，不代表无人购物。像我这种出现在商场少女区耀眼夺目的肉馅佳丽，几年前就基本告别了传统试衣间。衣服之于我，没有好不好看之分，只有能不能穿之别。网购大大维护了我的自尊心，同时也维护了钱包的自尊心，买衣服，我选择鼠标网卡显示器。

如大海捞针般检索出了一套原单三叶草塑身衣，我与店主开聊——

——有加大码么？
——有的亲～抱歉我要出门，能加我同事 QQ 聊吗？
——好。

加了 QQ，我继续——

——深蓝色那套有加大码吗？我身高 170，体重 140，不知道能不能穿？
——可以的亲～我们现在这款刚好有促销，你等下，我给你改下价格发链接～

——这么好啊！

点进链接，我熟练拍下，给支付宝充值，显示"系统正在升级中，请选择其它支付方式"。

——充值失败，你等一下~
——哦，今天是这样，要不你点快捷支付吧，一样的，钱都会进支付宝。
——好。

点进快捷支付，显示银行页面，插上U盾，输入密码……一遍又一遍，总是显示密码超时。我有点不耐烦。

——我这边有点问题，支付不了了。
——是不是卡的问题？你换张卡试试。
——我平时都用这张卡的。
——有时候银行也会系统维护，要不你换张别家银行的吧！
——好。

我翻出信用卡开始操作，还是老样子，一直超时。

——算了。今天系统有问题，明天我再支付吧！
——再换张卡呢？
——没有了，就这两张卡。
——哦，那好吧，明天再交易啊亲~

起身去洗手间，回来时手机短信嘀嘀嗒嗒响个不停，拿起来，瞬间石化，发卡行以每10秒一条的速度不停传递我的信用卡转账信息，每笔 1000。我马上意识到发生了什么，颤抖着给银行打电话挂失，再扑进储蓄卡的网银页面——账上仅有的 5000 多元一次性转到了一个陌生账户名下。

我——被——骗——了！

我——一个智力没有缺陷——受过高等教育——距老年痴呆还有一定年限的完全行为能力人——居然亲手点进了钓鱼网站！——被骗光所有不算——还透支！

我腾地站起来盯着显示器上黑掉的 QQ 头像，网名叫"就在你背后"，未关闭的网页域名比正常域名多了一个前缀……一时间，好想死。

除了报警，不知道自己还能做些什么。

警察叔叔并未对我的遭遇表示出多大兴趣。例行公事取完笔录便打发我回家等消息。一连七天，我都没办法从悲痛中解放出来，脑子里一遍一遍像过电影一样回忆上钩全过程，然后按时欺骗爸妈出门、回家，不想吃不想睡不想去健身。

我去银行查询汇入账户的个人信息，客户经理说："对不起小姐，只有公安机关发协查才可以办理。"

我辗转找网监部门的同学查到当天和我聊 QQ 的骗子具体 ID 地址，并把地址提交给立案派出所。

我问办案民警为什么有了地址还不去抓人？

他说要等上级批示。

我问为什么还不批示？

他说每天都有很多大案要案，批示也有轻重缓急。

我不能和任何人分享我的心路历程，不能报仇雪恨，只能在别人上班时间一个人孤独坐在公园里、踱步小桥边、荡舟湖面上，回顾我的一生……往事一坨坨。

除去喝汤洒一档、擦屎抠破纸的种种后天缺陷，我命里带衰的先天不足确是与生俱来的——公司分鸡蛋，每人都从福利堆里随便拎一箱，我偏偏能拎回唯一一箱广告纸；去超市买云南白药牙膏，盒里不知被哪个兔崽子偷梁换柱放了一管两面针；坐公交车靠窗位，前座老妇向窗外啐口痰，遭天杀的就那么刚好能随风飘上我的脸；花200块办了张洗鞋卡，洗了两次，店就关门了，把卡掰了，隔俩月新店在附近又开了，说旧卡还能用……至于在喜欢的人面前被狗撵、在朋友家拉肚没水冲等等凡人闻所未闻的神迹，降临到我头上也如家常便饭。拼人品你们谁都拼不过我。阿迪就该找我去当品牌代言人，在我身上，真的没有不可能。

这次经历俨然将我的先天不足后天缺陷升华到了极致。

要有怎样的毅力才能数十年如一日地保持愚蠢？

一想到这个世界上有个人花着我的钱还在嘲笑我是个大傻子，就很想跳进火化炉里把自己烧成膨化食品。

舟至湖心，悲伤到了顶点，我仰天长啸：还能更衰一点吗！

语音未出，瓢泼大雨从天而降。

钱在骗子手，明媚碎眼前，云过时，伤心处，珠帘劈头盖脸。湿人坐船上，执桨望东南，耳边犹记声声慢，这次第，怎一个愁字了得？

浑身淌水找到避雨之处，手机响起，孙磊问我为啥一周没出现？

我强装无谓，说最近家里有点儿事过几天再去。放下，心被掏空。私教还有两次课，季卡还剩一个月，我没有钱再为自己的约会买单，我甚至不知道信用卡上的万元漏洞下个月怎么填？几天前，我还在眼馋同事的ipad2；几周前，我还心系一只COACH的包包；几个月前，我还思考要不要像个熟女那样为自己办一张SPA美容卡……现在终于不用想得那么辛苦了，因为无论这一万五最终换来了什么，拥有权使用权都不再属于我。

雨一直下，气氛不算融洽，在同个屋檐下，我渐渐感觉泪在变化。一时抑制不住憋屈，放声号啕起来。美女抽泣总会惹人怜香惜玉，我刚拉开嗓子，身边三五个没伞之人就都勇敢地顶风冒雨跑了。

他说风雨中，这点痛，算什么，擦干泪，不要问，为什么。

21

天黑不想回家。

冥冥中走到孙磊家楼下的711，买了两瓶珠江纯生，一个人喝。

酒酣之时，伤痛减半。抱瓶正欲交底，一只手当空拦下，抬眼，竟是朝思暮念的美男。

"干吗呢？不知道啤酒喝多了也会胖么？"孙磊正色道。

鼻子一酸，猛地忆起下午际遇，强行憋住，眼泪在眼眶里打着转。

"怎么了？"孙磊注意到我的失魂落魄。

说话间，孙淼也进入视线，好奇地追问了一句："怎么啦？"

"走吧上楼说话。"孙磊温柔地把手搭在我肩头。

上帝关上了门和窗，总会给人留条防火通道。我——一个向来在人群中扮演植物的蛋散①,因为破产得到美人和美男的高度重视……这种不真实感一路刺激我的感官神经,刚一进门,我便势如破竹冲进洗手间把空腹猛灌进肚的酒精喷了个干干净净,彻底毁了孙磊的马桶和浴巾,然后坐在洗手间的地面上鼻涕带泪地描述自己的噩梦。

"……报案已经10天了,一点儿动静都没有。"我万念俱灰。

"警察不找你麻烦就算为人民服务了。"孙磊温润得像念书时代的学长,一边说着安慰的话,一边将我扶到客厅沙发上。处理完我喷射过的地方,他把旧浴巾扔进垃圾袋,开窗通风,从卧室找了条新毛巾,又倒了杯温开水递给我,脸上毫无厌恶之色。

那一瞬,恍惚自己前世与他有过什么。

"话不能这么说,警察也有好人。"孙淼不温不火看着我,"不是什么大事儿,别哭了,钱没了还能赚,我这儿有2000,你先拿着。"

"不用。"我抽泣,"我就是闹心……"

"要不找朱哥吧。"孙磊试探地跟孙淼建议。

"找他?"——轮到孙淼惊讶。

"嗯,他应该有办法。这帮孙子真得有人收拾一下,常欢肯定不是第一个,也不是最后一个,她不是都查着地址了么,问问朱哥他们感不感兴趣。"孙磊态度很坚决。

我止住泪看着他俩。

孙淼仪态万千燃起一支烟,吐了个浑圆的圈,平静道:"行,我给他打电话,他要是接活儿,你去么?"

孙磊不假思索:"去。我请假。"

---

① 蛋散:广东小吃,多在路边贩卖。粤语俚语中也指不被重视的小人物。

"去哪？"我摸不清状况。

"去给你要钱啊。"孙淼又吸一口烟，笑。

"开玩笑吧？警察都不管，怎么要啊？"——我虽喝多了，也还没损伤智力。

"自己能办的事尽量别麻烦警察叔叔。真不是什么大事儿。那先这么定吧。"

孙淼没多解释，孙磊也不像骗子。酒精作用下，我信以为真，幻想有个世外高人可以隔空取物……遂重燃起对生命的渴望。

第2天中午醒来，妈像看怪兽一样瞧着我，问："昨晚跟谁吃饭呀喝成那样？"

"哪样啊？"我头昏脑涨晃进浴室，把牙刷塞嘴里。

"回来嚷嚷着要把死骗子赶尽杀绝。"妈倚在门口等翻译。

心生一惊，假装平静地吐掉漱口水："还有么？"

"还有，"记忆力超群的妈继续复述，"若先王之报怨雪耻，夷万乘之强国，收八百岁之蓄积，皆可以教后世……"

我噗地乐了："我咋这么有才呢，这段词不喝多还真想不起来。"

"到底什么事啊？"

"没事，喝多了胡说八道。"

"昨晚一起喝酒的有男的么？"妈一脸诡异。

"有啊。"我脑海里浮现出711夜班店员没有表情的五官。

妈眼睛亮亮的："哦？那人怎么样啊？对你有意思吗？"

"有什么意思啊！您能思想健康一点儿么？看不见我现在减肥多有成效啊？我跟您讲，现在出现在我眼前的男人，再过俩月全是浮云，等我再减下30斤，这些人长什么样我都记不得了。"

"你就吹牛败火吧！"妈一撇嘴不再理我。

给手机充上电，短信接踵而至——

> 下午2点到火车站集合，带两件换洗衣服。——孙淼

看了下表，距集合时间还有两小时，把电话拨过去："美女，我刚起……"

"正要给你打电话，快点收拾东西过来吧！我们的票都买完了，就差你自己的，带身份证，下午上车再说！"孙淼那边声音嘈杂，人也有些急躁，没给我发言机会便挂了电话。

一时间酒劲又上来了。我心虚地看看干瘪的钱包，拼命回忆昨晚的对话有多少掺水成分，思来想去，觉得无论结果如何都不该辜负仙女的好意，只能打肿脸充胖子。

"妈——"我扯着脖子喊，"借我一万块钱，我下午出差，下礼拜回来，钱报销了还你。"

妈的脸霎时贴在门框上："一万？你上哪出差？跟谁啊？出差还要自己垫钱？"

"去山西，我们要在那边开个新加盟店，老板让财务过去做预算，我是打杂的，肯定都要先垫钱再报销。"——这个谎撒得一点儿技术含量都没有。

庆幸妈没再问什么，甩我一张卡。

22

广州通往大同的软卧包厢。四人空间里硬挤下八张脸，除我和

孙氏姐弟外，剩下的全是悍匪。

孙淼向我介绍："这是朱哥、马哥、牛哥、杨哥、于哥。"

哥哥们穿着差不多的西裤衬衫，貌似专业人士，纷纷谦和地从衬衫里捏名片给我，我逐一点头对号入座。低头，卡片上的头衔也基本保持一致——债务公司经理。

孙淼拍拍我跟大家介绍："常欢。情况都跟你们说了，常姐人特实在，心眼可好了，真不该遭此大劫。"

几位哥哥表现出各种不以为然，口径与前一夜的孙淼如出一辙："小事小事……"

我一颗悬浮的心总算落地。

有悍匪，无所畏。

兀自摸了下钱包，我故作大方地对孙淼说："我把大家的火车票给报了吧。"

孙淼摇摇头："事儿成了再说，不成就当我请大家出来耍了。"

"那怎么好意思？"

孙淼凑到我耳边："就当还你人情。"

我有点儿迷糊，料不到通风报信的人情居然这么值钱。

欢迎仪式一过，马牛杨于去了隔壁，朱哥留下来，四人空间恢复有氧状态。

虽是同行，素质却各有千秋，邻厢哥哥们一句话里有半句都是语气助词，好像不提几个器官名词就不能正常抒发情感。朱哥却不同，讲文明懂礼貌，说话有理有据，后来方知朱哥入行才半年，今年之前一直是大报摄影记者，去年还在战乱时亲赴利比亚拍摄采访。

朱哥有些激动地讲他的战地见闻："……我问他们为什么要当

反对军？他们说，我们要自由。当时我就想——泥马！你们能上facebook，你们国内通话不花一分钱，你们有永久产权的房子，你们念书看病都是免费的，你们的领袖甚至打开弹药库把武器发放到平民手里！然后你们用枪口对准政府说你们要自由？这帮死孩崽子就得拉朝鲜去待两年，准保全老实！"

笑罢，朱哥摆摆手："都是过去的事儿了，好汉不提当年勇啊！"

我问朱哥："那你怎么从新闻媒体改行到债务公司了呢？"

朱哥无奈："我也不想，不过去年底跟我们民生记者卧底做稿子，捅着权贵了。"

我哑然："您怕被报复？"

朱哥轻蔑一笑："我倒没怕，就是不想连累领导。当时我们社长亲自到上面做检讨，表面是单位把我俩开除了，实际离职是我们主动提出来的。社长人挺好，他要下台不知道会换来什么人，我们总归是要牺牲的，自己走，好过连累战友。"

我还想继续问，孙淼岔开话题："朱哥干一行爱一行，虽然从业才半年，也没受过专业培训，不过处理三角债可厉害了！"

朱哥谦虚着："嗨，流氓其实不可怕，就怕流氓有文化。"

包厢门开，膀大腰圆的牛哥扔进来一个书包，冲朱哥说："衣服。"

关好门，朱哥边拉开书包边说："我跟老牛是最佳搭档，只要跟他一起去要账，没有要不回的。你看他长得凶吧？一般人看他那脸就都老实了。"

我点点头，多嘴："那万一有不怕的呢？"

"那就带刀去，当面宰了老牛吓死丫的！"

"哈哈……"刚笑了两声，我紧张起来——朱哥从书包里拽出一套警服。

"这是？"我不解。

"光凭思想教育是解决不了问题的，想让土匪放下刀，最好的办法就是上火炮。"朱哥抖抖警衬，抚平褶子，"骗子也是人，我就不信他们见着皇帝不下跪。"

"这是犯法的吧？"我嘀咕。

"抓着了犯法，抓不着就不算。"朱哥底气十足，"抓着再想抓着的办法。这年头，没有创造性思维到哪都混不出人样。政府培养了我们动手能力和动脑能力，佛教讲戒、定、慧——慧的意思就是不能愚痴认死理。搁古代，咱们现在干的就是替天行道的活儿。"

我觉得朱哥如果皈依佛门定能成为不错的禅宗大师。

火车从天亮咣切到天黑，睡前喝了四瓶啤酒的朱哥此时已打起呼噜，孙磊和孙淼也蜷缩在各自铺位上发出均匀的呼吸声。困意重重来袭，我仰面盯着上铺床板，不舍得就这么合上眼睛。几天来难得内心平静，这些看似相当不靠谱的人却给了我不可说不可说的安全感，我让眼泪流下来……下一个天亮后我们的命运会怎样？我不敢想。事情会像他们计划得那么顺利吗？坏人没准备反间计吗？会不会火拼？会不会从此锒铛入狱？如果最坏的可能既成事实，那我们无需烧黄纸洒鸡血义结金兰，也能得到一个同年同月同日钉盖的下场。下一个十年，我将连累我的梦中情人和情人他姐以及他姐的朋友一起在铁笼中度过我们的风华正茂。

我掀开被子站起身，借助一道又一道洒进窗子里的只光片影，端详孙磊在熟睡中几近完美的脸。风前月底，相看未足。银屏画烛，宵长岁暮。可恨良辰天不与。才过斜阳，却见黄昏雨……触景生情，心疼到不行。

朱哥翻了个身，呼噜声倏地变奏，我用手背在脸上胡乱抹了抹迅速躺下，等变奏声成为主旋律，手捂心脏默默立誓：从下一秒起，这里的每一个人都是我常欢的生死之交，今日之恩，如有机会定当涌泉相报，没机会就来世再报。

与有情人干冲动事，别问是缘还是劫。

23

像一部紧张刺激的谍战片，我们包了辆商务车，摸着地址，在骗子老巢附近宾馆开了几间房，几位哥哥打了两天埋伏就盘清屋里人数和他们上下班时间。

第3天，全副武装上战场。

"我也去！"——看见孙磊戴上警帽的帅劲，我热血地主动请缨。

"你去干吗？"孙磊拒绝。

"我去给你们放哨。"

"不用。"

"我临时应变能力挺强的。"

"你跑得慢。"

"我跑得超快的！"

孙磊不屑地瞥我一眼："是举重界跑最快的一个吧？"

"你别不信，我还参加过比赛呢！"

"残奥会么？"

"万人马拉松好不好！我哪残啊？！"

"脑残也算残。"孙磊把警服警帽脱下塞进旅行袋，又检查了一遍手铐和玩具枪，拉上拉链嘱咐孙淼，"你俩退房吧，然后去机场等我们，成败一锤子买卖。"

心慌起来，怕这诀别场面即将载入史册，我下意识伸手拉住旅行袋。

孙磊回头冲我笑了一下，像对待兄弟那样拍拍我肩膀，说："别担心。我们有经验。"转身出门。

门关。回身。孙淼坐在行李箱上悠悠吐了个烟圈问："你不会是喜欢孙磊吧？"

"不是。"我掩饰尴尬，心里默念——不是喜欢，是深爱着。

让一个女人回忆最好的时光，她们往往会牵扯出一个男人。

让一个男人回忆最好的时光，他们通常会牵扯出一群男人。

男人天生都是冒险王，越危险的游戏越能玩得津津有味。在机场与哥哥们重逢，我蓦然发觉无论高与不高、帅与不帅，只要那个男人充满冒险精神，从里到外就魅力得不可限量。他们回归的每一步，我都预先在眼睛里铺满阳光彩霞新鲜花瓣。

孙磊带着销魂微笑从怀里掏出一个信封塞给我。打开，里面是粉嫩嫩的两沓钱！我便热泪盈眶起来。各位哥哥纷纷向我发表了获奖感言，感谢我提供有价值情报。据说他们这一趟斩获小30万。遗憾的是这个巢里全是马仔，更高数额都被转移了。

"你们把他们怎么办了？"我好奇。

"一个连一个铐水管上。"——朱哥得意于自己的创意。

"他们没怀疑？"

"做贼心虚吧，我们一冲进去，孙子们连头都不敢抬，全筛糠。"

"就一个脑壳坏掉的，上来抢枪，让兄弟们摁住好一顿爆踢。"

孙磊补充说明，"装B者，揍之，而不宜惯乎。"

"还是小于爱学习，老牛他们缴卡出去提钱，他一直盘问建网细节和收益分成。"朱哥吐槽。

于哥若有所思："我琢磨着，这条产业链比要账好赚钱多了，要不咱也改道试试水？"

朱哥白他一眼："这种不积阴德的活儿我肯定不干！他们翻船是早晚的事儿，哪天碰上一大主儿，警察就该管了。"

"走的时候报警了吗？"我问。

"开什么玩笑？"朱哥眼一横，"知道我们在干吗呢？"

"我不是这个意思。"我有些担心，"万一他们反过来报复你们怎么办？"

"我们动作快，手指用创可贴粘着，提钱戴墨镜鸭舌帽，取钱存钱分开几个区进行，他们应该很难抓着尾巴。"朱哥又回味了一下细节。

杨哥心生恻隐："早知道他们这么弱，咱们根本没必要准备全套，你和磊子俩人就能搞掂。省得日后他们在江湖上叨哔咱胜之不武。"

"扯淡！什么叫尊重对手？尊重对手就是无论对方什么配置、摆什么局，都用最强阵容把他们干死！亏你还跟老牛混那么久。"朱哥责备，"轻敌就是往自己脑门上拍砖！"

"哎呀，这有什么好吵的？回去喝一下吧！"孙淼劝架兼攒局。

善用刀剑者，死于刀剑下。我平定了账本儿，哥哥们没白扒活儿，美人在候机室一杯咖啡的工夫被头等舱客人相见恨晚……大家都满载而归，确实值得痛饮一番。

"我请！"我自告奋勇。一想到骗子们恍然大悟后有苦难言的样子，情不自禁心中暗爽。

夜里12点多抵达氤氲花城，八个人出了机场神采奕奕扑向东江海鲜。十余个海鲜小炒配两箱珠江纯生，心情肆无忌惮，胃口一下就打开了，举着筷子正欲撒欢儿，孙磊指着我神色威严："你控制点儿！"

朱哥胳膊搭我肩膀上瞪回孙磊："有啥好控制的？妹子甭理他，来来来，跟哥喝一个～"

美酒飘香歌声飞，王八犊子不干杯！

花甲一堆堆，酒一杯杯，迷糊一回回。包厢里气温飙高，两箱酒打底，每个人都开始表演即兴节目：于哥一碗接一碗吃面条，吸溜完自己的吸溜别人的；朱哥讲牛哥的各种段子，笑得我里脊疼；马哥手持电话有半个小时都在按键，好像不停按错，却始终坚持；孙淼目光淡定地把餐巾纸撕成一条条，在面前堆起一座雪山；杨哥傻笑着举个微单四处按快门，可惜没开镜头盖；孙磊盯着杯子入神，我脑子里一行行过着方文山的词。

"你的理想是什么？"我春意盎然地问孙磊。

孙磊还没应声，早已阵亡的牛哥从狼藉杯盘之间忽地抬起头来，眼中布满血丝举起杯子："干！喝死拉JB倒。"

败兴之余，我喊服务员买单。小妹含情望向孙磊说："买完了。"

我扯出一沓现金给他，攥着钱的手被孙磊当空擒获拿下，魂飞魄散中，帅脸带着酒气贴到耳边："这种局轮不着你请，你的钱得花在我身上。"

血液倒灌，神经错乱，心跳两短一长拉着警笛。我六神无主看着孙磊，心想：别说钱了，腰子花你身上都行！可你这算是酒后吐真言还是酒后乱说话？

孙磊把我的手放回包里："私教课你这次买20节好吧？我再额外给你申请三节课。"说完还掐一下我的腰，"明天你必须得去，把刚才两瓶酒的热量弄出去。"

——果然是我想多了。

所幸。没有失礼。

心底漾起一丝落寞。

午夜江风吹得人格外舒服。目送哥哥们逐一上了计程车绝尘离去，我和王子公主心照不宣沿着珠江逆流而行，从海珠广场到天字码头。人散后，月明中，夜正浓。五天经历现在想想还跟做梦一样，整段记忆里最清晰的只剩下马上要和孙磊告别的不舍。这感觉像是吃光了最后一颗糖，想伸手再要，又怕遭到大人拒绝。而孙磊偏还走在我的上风位，古龙水夹着汗的气息习习飘过，这对一个酒劲开始上头的人来说真是致命诱惑。我虽是个胖子，却也有生理反应……

孙淼停下来，手搭在我的后背，满眼都是关切，问："没事吧？"孙磊松松领口，跑去最近的便利店。我扶着一棵老树哇哇"点菜"，点齐了，接过孙磊递来的矿泉水猛漱口。

回家的计程车上，我歪在后座装睡，王子对公主说："要不你俩今晚都去我那儿对付一宿得了。"

心脏扑扑跳，等着公主决定我的命运。偏偏公主意志不以我的思想为转移："不去，我得回家泡澡睡觉，这几天皮肤都不好了，你那儿没我的保养品。"

王子沉默了一下："那先把欢姐送回去，再送你。"

公主问："你知道她家地址吗？"

"知道小区，不知道哪座楼。"

公主轻轻推我。我满心失落地嗯了一声，把头偏向另一侧继续装睡。

"真不行哦,才两瓶酒。"公主嘟囔了一句,"要不你把她领家去吧,这么晚了,送回去跟她家人也不好解释。"

心中窃喜,差点儿没鼓掌!

下车时司机大佬帮忙把我架上王子的背,紧着问:"行不行啊?"

"没问题!"王子咬牙作答。气上丹田,摆出扛煤气罐的架势,搂着膝窝把我往上提了一格。

我吸紧肚子妄想给王子减负,却感受王子一步更比一步重的喘息,心生慈悲,几次欲跳下身来,又担心下来以后被打发回家……在纠结中硬生生装死,丧良心的从一楼挺到五楼。进门,王子鞋都没脱就直奔卧室把我扔床上,急喘片刻旋风般离去,而后,浴室响起哗啦啦的水声。

我卧等上帝的旨意。纵也觉得酒驾是不对的,但除此外,真不知还有什么机会能令王子帮我轻解罗裳。

水声渐消,门外响起脚步声,胸口犀牛乱撞,听着孙磊走进来,停在身边,放下一个杯子,走出去,随手关门。

心跳由八八拍平复到四二拍。我压压惊,起身将杯中水一饮而尽,心生涟漪。

——还真是个正人君子啊。

24

自前一夜任督二脉被一盘椒盐皮皮虾打通之后,我便重新拥有了排山倒海的饥饿感。

中午醒来已不见孙磊踪影，房门外的便利贴告之他去上班了。我身心放松地在这个曾经生活过的空间里四处溜达，想像过去的自己与现在的孙磊穿越时空的各种交集。洗手间里，一瓶大卫杜夫的 cool water 散发出王子体味，我在身上喷了两下，让王子与我同在。

也才阔别五日而矣，孙磊的大姐们都发狂缠绕着他，健身中心里根本没机会和他搭话。我疯跑了半个小时又抻了20分钟大臂，求聊无期，悻然早早退朝。

晚饭赴瑶瑶之约，主题是参观她的男朋友，地点定在一个还不错的顺德菜馆。

男友叫大力，和我同岁，外表也算英挺，只是说话较冲，出口成脏。跟念着《三字经》长大的我不同——他是骂着"三字经"长大的。瑶瑶不断指正他的恶习，他口口声声要改要改，不多时就又把亲娘祖奶奶挂得满嘴都是。

我不厚道地觉得本性难移，还是分手容易一点儿。

大力把菜牌推给我，敞亮道："看看喜欢吃啥，随便点！"

我把菜牌推回去谦让："别别别！你俩点，我随便！"

大力又推回来："今天专门请你，你不点谁点？"

我不再虚情假意，翻了两页菜牌，征求他们意见："红酒烩牛尾，这个怎么样？"

瑶瑶还没发言，大力连连摆手："不好吃！分量跟抠耳勺掏出来的那么多，肉少骨头大，下面还铺一层石头。"

我点点头，接着问："那豉油皇鹅肠怎么样？"

大力夸张地禁着鼻子："噫——那种东西怎么吃啊？鹅肠洗不干

净是臭的，他们都是用猛料爆炒，你就吃不出臭味了。"

我食欲大减，把菜牌合上推过去："我真不太会点菜，还是你来吧！"

瑶瑶责怪大力："欢姐想吃啥就点啥呗！你哪那么多话？"

大力嘟囔："我说的是事实啊！"说罢把菜牌又推回来，"你点你点！挑你爱吃的！"

蒜蓉西兰花、水东芥菜、顺德小炒……总算得到全票通过。反正我减肥，无所谓。

饭中，瑶瑶夸我变瘦了，我欣然放慢咀嚼速度报以微笑。又是大力，大声大气感慨："那你以前该有多胖啊？"

真想一筷子把他扎饭里捅成肉松！心话：你二B我忍了，但你能不能有点儿限度？真不拿自己当外人啊！

瑶瑶伸出巴掌，不轻不重拍大力脊梁上。我起身去洗手间，瑶瑶几步跟上来，一脸抱歉向我赔礼，我虚伪地笑笑："没事儿，他也是无心说的。"

"欢姐你千万别生气，他这人素质是有点儿低！我一直在调教他。"

"你看上他什么了？"我直抒胸臆。

瑶瑶愣了一下，有些不好意思："他……他对我还挺好的。"

"挺好是什么概念啊？"

瑶瑶难为情地低下头："欢姐，你知道我失业很久了，像我这样的人，连自己都养不活，哪有资格挑男人呢？有人追就挺好挺好了，而且，他还能养我。"

我看着瑶瑶，恻隐心又起，突然想起钱夹里有一张孙淼给我的英语学校年卡，还有半年过期，便抽出来借花献佛："这个给你，你那么爱学习，应该对你有用。"

瑶瑶嘴上说着不要，眼睛却直直盯着卡。我塞她手里："挺贵呢，过期就作废了！也是别人给我的，我英语够用不需要再深造，你能用上我也高兴。"

瑶瑶红着脸把卡揣好："姐你对我太好了，我怎么报答你啊？"

我笑对眼前这个纯朴的姑娘："别说没用的，好好学习，知识是可以改变命运的，你每上一个台阶，都会接触另一个高度的人群。你还年轻，涉及到终身幸福的事，不要轻易做决定。"

瑶瑶乖乖点头："知道了。"

洗手间归来，大力老实了很多，盘中菜没剩几口了，瑶瑶碗里倒是堆得满满的。我偷笑——还真是对她挺好的。看着大力对外跋扈对内紧张的模样，又有几丝感伤：女人不对自己狠一点儿，男人就会对你狠更多。胖子果然没前途，你再有见识、有教养、心地再善良，也只能是个好胖子，连垃圾男都不会把你当成追求目标。我何尝不想让心仪的男人只对我一个人好？

必须要瘦下来！胖子没有资格吃，胖子没有资格睡，胖子没有资格叫停。就算大家都吃饱了睡着了，想要明天不再被人歧视，今天分分秒秒都不能偷懒。

我在夜深人静的小区里含泪摇动跳绳帮助胃液加速流动。

我坚信，总有一天，自己也撑得起橱窗里最漂亮的那条裙；总有一天，走在街上不再收到"马上减肥 办法问我"的广告单；总有一天，孙磊会主动对我说："其实呢，你身材是极好的，我喜欢你有些时日了，私心想着如若得你芳心，那是再好不过，倘你不从，也只望不要生分了才好，能每天看你、陪你、得你宠幸，倒也不负恩泽……"

保安弟弟用电筒过来晃了几个来回，表情诡异，我眼睛放光与之对视，两秒不到，他幽然走开。

25

一连两周，任我每天吃得像鸟一样跑得跟鬼似的，磅秤指针始终停在136斤的刻度间不上不下。

孙磊说，这是停滞期，是身体的自然调整反应，这期间肌肉会收紧，避免皮肤松得像洗坏的夹克里子。但减肥大业不能停下来，一样要少吃多运动。停滞期可长可短，我内急啊！

去健身中心的途中，路过街边按摩诊所，玻璃上贴着"针灸减肥 680一疗程 不瘦不要钱"。我就虎超超进去往床上一躺。眼瞅着肚皮和腿上陆续扎进二十多支仙鹤神针，幻想这些针拔出来的时候自己会像漏气气球一样嗵地一下就瘦了……结果最后一针不知扎的哪道穴，愣是把我扎立正了！眼泪旋即哗啦啦淌一脸。再一看膝窝，淤青一片。

练针的大叔见势也麻爪，毛手毛脚拔针，喊小姑娘赶紧给我拿冰袋敷腿。我一边抹眼泪，一边说："你看这事儿怎么办吧！"老板娘颇为紧张，好说歹说要给我办张VIP卡，免费给我扎一疗程……我立马靠！还扎？我赶着投胎啊？

见我要给12315打电话，大叔大娘勉为其难地掏出200块钱私了，我看都没看，照打，大娘按下电话，又添了300，带着哭腔："姑娘，我们也是小本生意，靠体力赚钱，来这儿大多数都是按摩的，按一小时，刨了本钱才赚20块，让工商一罚我们就没法开张了。今天是个意外，真是意外，人和人体质不同……但这事儿怨我们，姑娘你把钱收下放过我们吧！"

我什么都扛得住，就是见不得岁数大的人掉眼泪。她一哭倒把我整心虚了。犹豫了几秒，我拿过钱一瘸一拐走人。疼痛感渐淡，怨气也慢慢消散。我边走边想：天天碰上这事儿就不用找工作了，但这活儿风险也比较大，容易落下残疾。

冥冥中还是进了健身中心。腿上项目今天是断然做不了了，我挑了个脊背拉伸器坐下来。

器械区离前台比较近，坐下没10分钟，一个精瘦的中年爷们儿面带杀气临近，冲前台妹妹欠缺教养地低吼："我找孙磊！"

我条件反射竖起耳朵。

前台妹妹广播唤了两声，客客气气地对爷们儿说："对不起先生，孙教练在上课，请到旁边水吧坐一会儿等他。"

爷们儿头一扭硬往里闯，妹妹追过来："先生您不可以随便进的，先生！"

爷们儿展示出传统泼妇骂街的艺术形态，一手叉腰横陈在器械区高喊："孙磊，你给我出来！"

运动中的物体霎时静下来，聚焦不速客。我也拖着伤残之躯好奇向他行注目礼。

万众景仰中，花一样的孙磊全身粘满眼睛迈着狐步由远及近，神色迷茫，说："我就是。您哪位？"

爷们儿看看孙磊胸牌，张口认亲："我是你大爷！"紧接着挥拳头扑上去，无奈身高与侄儿相差足一个头，拳头被孙磊当空截住，一扭，爷们儿就被拧着胳膊玩了个华尔兹旋转，快三步闪出画面外。

这一即兴发挥的耍帅动作又迷倒了万千大姐。

孙磊面无表情吩咐前台："报警！"

爷们儿反身不要命地再次冲锋："勾引有夫之妇你还敢报警？我今天就让你下岗！"

孙磊躲开："你别胡说八道！"

爷们儿更气："你跟刘玉琴什么关系？你个吃软饭的小白脸！"

孙磊愣了一下，动作没跟上，下巴狠吃了一拳，鼻子瞬间蹿出血来。

我不知哪来的勇气，置伤残于不顾，颇具浪漫主义英雄色彩地跻身两位运动员之间，用坚实的双臂顶开扬拳爷们儿，正气凛然："有话不能好好说吗？没进化好啊上来先动手！"转身心疼地看着孙磊的鼻血问："没事吧？"

孙磊捂着鼻子抬眼，骤惊，四周响起尖叫，我脖子咔的一声，脑袋随一股不可抗拒的强大黑暗势力向后仰去。与此同时，身边呼啦啦飞奔过好几个教练，为女人的秀发和男人的荣誉而战，与狂徒展开殊死搏斗。

狂徒不撒手还骂："死肥婆！花钱出来犯贱！也不看看你那个蠢样子！没钱人家才懒得屌你！"

经过一番撕扯，狂徒弱势尽显，在不记名流星拳无影脚中被迫松手。秀发荣归故里，地上无可避免地飘落数十根干枯分叉的残尾。孙磊和一个教自由搏击的猛男桑最终将爷们儿强行按在脚下……我小宇宙一下就爆发了，上去补了一套闪电踢外加重力爆肛。

我这人从小知书达理，轻易不会被激怒，也轻易不使大招。可我有我的原则：可以说我胖，但不能叫我肥婆！况复加死！可以说我笨，但不能提蠢！他点了炮不算，还用实际行动挑战我的道德底线——你三十晚上敢撕我家对联，就别怪我大年初一蹲你家门口烧纸！

110来的时候，教练们站成两排，爷们儿躺地上哼哼，两个警察叔叔相当威严地环视一圈，问："怎么回事？"

我一下就哭出声了，小声哭大声讲："他打教练，我拉架，他就抓头发打我……"

爷们儿躺在地上目露凶光指着我和几个教练："放屁！他们一起打我！"说罢还撩起衣服裸露肚子和后背——遗憾的是我们都穿运动鞋，力度虽有，上色却不够浓重，只看得见白里透红，像是搓澡搓猛了。

我把裤子卷起来，膝窝的淤痕已青到发紫，触目惊心，再加上披头散发造型，配合地面上没扫走的数根毛，我泣不成声："警察同志……你们得为我做主啊！我好心拉架结果被人打成这样，我还是个女的……他是男的吗？凭什么这么打我啊！大家看不下去了强行按住他，他还上脚……他挺大一老爷们儿不做对社会有贡献的事，打不过男人就打女人……警察同志，有他在，社会还怎么和谐啊啊啊～～～"

警察大叔抖抖手打断我的唱腔："行了行了！"目光游移扫描旁观者，"谁先动手的？"

"他！"孙磊身后，若干大姐同仇敌忾指向矬男。

爷们儿慌神儿了，也不再装死，捂着腚一骨碌滚起来，用手拉警察："警察同志，不是这样的，他们这里是聚众淫乱场所，我是受害者！你们应该依法把这里取缔……"

警察把搭上胳膊的爪子甩开，严肃道："别动手动脚的！你给我站好！把身份证拿出来！"

爷们儿一脸尿样，乖乖掏证儿。

警察看完证件，问："你说这里聚众淫乱，有证据么？你过来是干吗的？"

爷们儿咬咬嘴唇，仇恨地指向孙磊："我……他……他勾引我老婆，我过来讨公道。"

警察义正辞严："你老婆呢？你老婆为什么不报警？"

爷们儿低头不吱声了。

警察打着官腔："你跟他和你老婆之间的是家务事，现在你过来是寻衅滋事！你当众把女士打成这样你还有理了？"

爷们儿指着我："她腿上那块儿不是我弄的，你们来之前是他们一直在打我，她在讹我！"

围观大姐们七嘴八舌集体喷他。

警察同志威严地打了个休止符手势，转脸看我："你想就地调解还是回派出所走程序？"

"走程序。"我眼里喷火，马上进入角色，"我长这么大没这么被人欺负过！我要告他！"

"那走吧！"警察手一挥，旁边协警马上亮出一副货真价实的大铐把爷们儿上锁了。

刚还雄赳赳气昂昂的货立马蔫了，低声下气："警察同志，我、我想调解……"

警察声色俱厉："调解不是你定的，要人家定！打女人，你多英雄啊，动手的时候怎么没软呢？快走！"

爷们儿用哀怨的眼神瞟我："小姐，我今天不是冲你来的！我刚才正在气头上,你那一下撞得我也不轻,后来你们还一起踢我,要验伤咱俩都得验,你的腿伤是不是我弄的你心里有数,到派出所无非是赔钱赔礼,你要是愿意调解,我现在给你赔礼道歉,你下手那么狠,咱俩算扯平了……"

"做梦!"我斗志昂扬,"我用不着你赔礼道歉!这里这么多目击证人,我一定要把你送进牢房!能蹲你五天是五天,能蹲半个月更好!你自己给自己赔礼道歉吧!"

爷们儿用乞求的眼神瞟警察:"警察同志,我知道错了。我喝了点酒脑子不清醒,我认罚,能不能帮我调解?我还有单位有领导,留个案底回去不好交代啊!"

"早干吗了?"警察一身正气。随后把我单独叫进体测室。

警察叔叔摘下大檐帽和蔼可亲:"姑娘,我看出来了,你是受了委屈,不过腿上那块伤好像真不是他弄的吧?我们成天干这个,鉴这种皮外伤还算内行,你这个色泽可以仿真,但那个位置不是专业造假真弄不出来,而且我发现你腿上有其它出血点,是不是针灸弄的?"

擦!以后谁说人民警察没职业素养我跟谁急!我脑门儿渗出细密的汗来。

警察叔叔继续:"你的心情我能理解,但我跟你说些事实你也理解理解。你们去到派出所,我们只能取笔录。我每天处理各种治安案件,扛着腿来的、捧着肠子来的一抓一把,你这真不算重伤,还构不成刑事案件,顶多处以对方500块钱罚款外加七天以下拘留。你非要起诉他,要鉴伤、请律师,花钱不说,赔偿多少也不说,上法院等受理就得排个一年半载。看你俩都是没打过官司的人,我就给你提个醒，别继续给自己找气受。他刚才冲动现在就尝着恶果了，要不你冷静一下考虑考虑？"

我点点头："是，其实我就是生气。那我听您的。"

警察叔叔微笑说："行，那我再教育教育他，该罚款我们罚款，另外额外让他赔你精神损失费。你这个情况，1000块钱一大关，不过他当众打女人确实恶劣，我给你往多了算，2000你觉得合适么？"

我点点头："您说多少就多少吧！谢谢你啊警察同志，给你们添麻烦了。"

"我们职责就是为人民服务。那行了，你把他叫进来吧！"

偏财运伴随血的代价一起来，实在不怎么值得炫耀。

演出到此结束。一时间，我成了新闻人物。怕人指指点点，换了衣服没洗澡就快闪了。孙磊追出来，我怀揣崩溃的人生观默不作声，闷头忍痛一路疾走，躲魂儿一样上了计程车，感觉手寒，心寒，神经都在寒。我不是不想和他说话，就是……不想和他说话。

包里揣着卖身得来的2500，情绪濒临卧轨边缘。投胎路上，我想了很多：一直以为自己宜攻宜守，能伸能缩，节操随时可碎，下限半点全无……直到贱男出大招，我才意识到自己原来也是要脸之人。

当众出丑，不能不在乎；在他面前出丑，更加不能不在乎！而由始至终，我似乎在不停出丑，用各种表达形式扮演一个悲催的谐星。每个人都指着我津津乐道，夸我有喜感、猛料多、搞笑到爆……却没人了解我内心有多苦。

也没人愿意了解。

还要坚持吗？还要坚持活得像个笑话吗？还能坚持多久？

突然觉得很累，很累很累，累得连质疑人生的力气都没有了。

"到了。"司机师傅把空车灯立起来。

我付了钱，魂不守舍推开车门，殊不知后面快速行进的小电动猛撞上来，下意识伸手阻止悲剧发生，只听"咣当——咔嚓——哎呀——"小电动和电动小伙儿整齐歪在路边，体积庞大的我迎风飞起，自由落体，不规则剪裁的重磅真丝长裙垂感相当好，以至臀部先着地时，丝般顺滑的裙裾随气流影响顺着两条凌空劈叉的象腿自然褪至大腿根儿，露出草莓图案纯棉底裤以及紫得快要发黑的膝窝，看起来杀很大。

屋漏偏逢连夜雨，破鼓总有万人捶。

我落泪，情绪零碎。

本想博同情，但从路人表情上看，似乎又原创了一个笑话。

感谢天，感谢地，感谢菩萨保佑我没一腚坐碎小伙儿的腿。结果是赔了电动900，赔车门200，合计1100。

当日毛利2500，净赚1400。

26

壬辰年，戊申月，辛丑日，岁煞东。辛不合酱，丑不冠带。宜解放思想，宜放纵心灵。忌在街上吃卷饼，忌听最炫民族风，忌露齿笑。

在家念了三天《地藏经》，荤腥不沾，过午不食，备感业障递减，福报即来。大清早接到孙磊电话约我去711，门外，他递过一个袋子，开封，是套崭新的三叶草训练服！我热泪盈眶，孙磊落落大方："昨天买衣服刚好看见这套衣服挺适合你的，送你。"

我接过来哽咽："你对我太好了……"

孙磊笑："你对我也挺好的。腿好点儿了没？不去健身房也要在家做运动，需要的话我可以上门指导，免费的。"

鼻血差点儿喷出来——果然舍不得孩子套不上狼啊！那一刻，觉得所有的脸丢得都值了。

我问："你怎么样？那人没再去找麻烦吧？"

孙磊有些不自然："呃……我做到这个月底就离职了。"

"为什么？"

"经理觉得影响不好。"

晴天霹雳。

孙磊继续："不过别担心，你续的私教课可以退，也可以换其他教练，会籍就留着吧，等你伤好了锻炼还是有必要的。"

"那你打算去哪？"

"还没想好。想先休息一段时间，等定了去处再告诉你。"孙磊动动手指，"我先上班去了，改天找你吃饭。"

"我请你！"我抢话——我不希望他的承诺成为一句客气的告别词。

孙磊含笑上了计程车："行，电话联系！"

一套衣服，四处拉风。家里、小区、商厦、菜场……我与三叶草形影不离，白天穿，晚上洗，白天再穿，晚上再洗。

妈飞来象征鄙视的白眼："你这衣服是租的啊？"

我不屑置辩。

要回赠点儿什么维系我们的情谊。我在各大商场男士区一圈一圈遛弯，恨不能把整一层都买给他。

最终，选择了和我一样的白色iphone4。

然后，请整体造型师给我设计一个能让他扑上来的造型，还听从建议电染了头发并咬牙透支买下一条昂贵的裙子以及一双穿上去一点儿都不舒服的高跟鞋。

当然，没忘把大卫杜夫的cool water据为己有，并纠正销售小姐："我要的是男士款。"

是的，我30，高170，重136。他28，高182，重140。

他有一张帅脸，我有一身肥肉。

但我没疯。

胖子也有争取幸福的权利。胖子性幻想也不犯法。野胖子也会有春天。

微博上盛传，钓上阿哥的绝招是：若他情窦初开，你就宽衣解带；若他阅人无数，你就灶边炉台。我确信孙磊不是省油的灯，在他面前脱衣服断然是没前途的，尽显贤良淑德方有参赛资格。

几乎一夜没睡，天不亮就起来化妆，画一遍，洗一遍，再画，再洗，脸被涂改得煞白，也没重现造型师前一日设计出的效果，最后只保守地用了粉底液和睫毛膏，避免把惊喜变成惊悚。我穿得像个走红毯的，拎了礼物，在楼下意大利佬开的面包房里挑了精致西饼，踩着挤脚的高跟鞋一步一崴向孙磊家走去。

8点整抵达门口，拿吸油面纸对着消防栓的不锈钢框做了个后期处理，精神饱满对着门，举起手，想想，放下，掏出手机，对着号码想想，又放下，再举起手……如此反复了几遍，门锁咔地响了，来不及躲闪，就那么直直面对出来的人——竟是个陌生大姐。

我呆住，大姐呆住，大姐身后裸着上半身的孙磊也呆住。

大姐扭头看孙磊，孙磊怔怔看我……透心凉，心飞扬，脊梁骨一下就软了。我举着礼物支支吾吾："我……我来把这个给你……"眼睛却不受控地盯紧大姐。

大姐冲孙磊回眸一笑："那我先走啦！"

孙磊点点头，随后匪夷所思地看我一眼，让开通道，向卧室走去。

我随手带门，怯怯拎着袋子站在客厅，傻不拉叽。

孙磊从卧室出来的时候，短裤上配了T恤，表情并无异样，问："你有什么东西要给我？"

呼吸困难。心被掰成黄豆那么大的泡馍，一粒粒丢进滚烫的羊汤里，撒上八角大料辣子花椒，里外翻搅。

我想质问他和那个女人什么关系，却不确定自己与他的关系合不合适这样问；我想质问那天找茬爷们儿说的是不是真的？却不清楚这种答案的结果会怎样；我想说真是瞎了我的狗眼，原来你也是个烂人！然后把礼物和面包一起摔他脸上，转身潇洒地走。怎奈心长焰短，张开嘴，发出的音节却是："我家楼下新烤的面包挺好吃的，喏，这个礼物是送你的。"

孙磊并没有要解释的意思，自然而然接过袋子道谢，把面包放在餐桌上拉出椅子示意："一起吃吧！我冰箱里有牛奶，热一下就行。"

我强忍悲痛说不用了你吃吧我就是顺便路过，不等孙磊回应，转身开门。

自己都觉得可笑——顺便路过？这么早顺便路过？带着礼物顺便路过？刷了睫毛顺便路过？踩着高跟顺便路过？还穿了新买的裙子顺便路过？

孙磊迅猛伸手拉住我，又伸出另一只手把门推上。我低头，不敢和他对视。孙磊松开手，语音随后灌进耳鼓："今天的事，别跟我姐说，我有我自己的生活，不想让她费心。"

我点点头。果然是双胞胎，这姐俩欺瞒家人的行事风格也如出一辙。

墙上挂表的秒针在我们间不缓不疾走来走去。孙磊语气轻松打破沉默："真不一起吃吗？"

我回神，做完刚刚未完的事。

是谁胸怀粥粉面饭却囿于跳绳哑铃？
是谁心系枕头铺盖却甘愿晚睡早起？
是谁主动放下自尊卑微如杂草烂泥？
是谁掏心掏肺上赶着热脸贴冷屁股？
是我是我都 TM 是我。
晴天朗朗，我独哀伤。
有点儿疼。可还是忘不了他，恨不起来，依然想念。有病没药。
高跟鞋如刑具般啃噬我的脚，回家的每一步都是酷刑。
路边有个老外举着电话愤怒咆哮："You are a lier！ You don't love me at all！ All you want is to practice English！"（你这个骗子！你压根儿不喜欢我！你 TM 跟我在一起就为了练英文！)"

有人笑，有人瞅，有人同情，有人莫名其妙，我却羡慕——毕竟，被利用说明你对那个人有价值，而我，连陪练的资格都没有。

占地球表面积 71% 的不是海洋，而是傻 B。很遗憾，我们都是其中之一。

27

吃是最好的安慰。

作为一个失恋专业户，我深知心痛无需刮骨疗伤，能够麻痹灵魂的永远都是二斤火候纯熟的红烧肉。

人在情绪低落的时候，体重显得无足重轻，孤独的人更应该吃饱。

红烧肉是个技术活，它的秘籍在于：肉的颜色取决于糖，而非酱油。这道理和搞对象是一样一样一样的。糖熬得好，就像自身对男人的吸引，肉滚进去会主动上色入味，而糖熬不好，纵便有酱油可以补色，也像强行把男人推倒，倘若他心里不想，你纵是霸王上弓也无法尽兴。

小火把锅温热，放肉煸出油来，肉捞出，油倒掉，换植物油，温热，下白糖，微火不停搅动直到熬成糖浆开始冒泡，再将脱油版肉块放入，下葱花姜丝蒜片大料花椒辣子，不停翻炒，炒至黏稠，倒一碗开水，扣上锅盖，便可暂时离席进行一系列业余活动。

半小时后满室飘香，掀盖儿撒了两勺盐，继续等待。这是一道相当取悦男人的菜。忘了哪个犊子曾经说过：想要留住男人的心，先要留住男人的胃。我于是苦心钻研京川鲁粤满汉全席，殊不知留住了男人的胃，也有可能留不住男人的心——因为不是所有男人都是吃货，也不是所有吃货都不长眼睛。

真闹心。还是忘不了他。

妈游魂般飘过，一脸诡异。我看她，她看我。

妈问："你干吗呢？"

我说:"没干吗。"

"周末起大早出门,回来一声不响焖大肉。你干吗呢?"

"我想吃肉了。"

"你不减肥吗?"

"吃饱了才有力气减啊。"

妈眼底掠过一丝不信:"你最近工作顺利吗?"

"顺利啊。"

"有认识新男的吗?"

每个人身边都有一条不可逾越的隐形一米线,我妈总爱拄着我的线跳皮筋。心情好时拄两下就算了,心情不好她也看不出火候!我不耐烦:"干吗啦!嫌我烦我明天就搬走!干吗成天男人男人的,没男人我就不能活了吗?"

妈理亏:"你鬼叫什么?没有就没有呗!我关心一下还关心出毛病来了?"

清早受的憋屈借机一股脑儿发泄出来:"我都30了还用得着你关心?你累不累啊!"

"30了不也没嫁出去吗,不想我操心赶紧找人嫁呀!嫁了人我才懒得管你。"

"你这么急不如现在下楼随便领个要饭的回来当女婿!"

"我领回来也得你同意啊。"

"你满意就行!"

"那行,一会儿你爸回来我跟他商量一下。"

"有你这样当妈的吗?"

尾音未落,爸拎着菜篮子进屋了,一声怒吼:"喊什么?走廊里都能听见!大早上练嗓子呢?"

我不为所动，扯着脖子继续冲妈喊："我是不是你亲生的啊？"

妈没事儿一样转身接爸的菜，撇我一句："不好说，没准儿在医院抱错了。"

我说："爸你看我妈呀！她说我只要肯嫁，找个要饭的都行！"

爸冲我瞪眼："你个熊孩子较什么真儿？你妈说啥就让她说呗，不知道她是个病人啊！"

"谁是病人？"妈冲爸去了。

"你呗！成天在家管闲事，我都让你管死了！"我斗志昂扬。

"管你还这个德性呢，不管你不得把我气死！"

"你俩能不能听听我的意见？"爸站在中间调停。

我和妈异口同声："不能！"

爸瞬间灭火向厨房走去："您俩都别死了，还是我死吧！我死了以后你俩继续吵，千万别想我。"

我和妈互瞪，谁也不服谁。

门铃响了两声，妈冲我吼："开门去！"

我义愤填膺按下楼宇对讲器，没好气问："谁？"

门禁传来稀客之音："姐，我是小天！"

28

我弟岳天歌，辽宁与黑龙江的混血儿，一生放浪不羁爱装B，说话敞亮，办事鸡贼。

90年代刚流行组合音响那会儿，12岁的我和6岁的他一起在家分析原理，不明白鼓膜为啥一颤一颤就能发出声音？大胆求实的我用剪刀把鼓膜捅漏，然后音箱就没声了。当时也知道害怕，我用透明胶把漏点粘上，统一口径谁问都不说。后来爸让我俩站成一排，举着鸡毛掸子厉声问谁干的？——他确实什么都没说，就是一直哭着瞅我。

从那以后，能欺侮他的时候我绝对不惯着。

我弟是个有理想、没道德，有文化、没纪律的复合型人才。情商很高，智商很低。虽有着三代血亲关系，我们姐俩却命运迥异，我五行缺钱，他五行缺德。大学毕业那一年，就有十二星座女朋友私藏管制刀具为他送行；待到出国留学第二年，沿途追杀他的女人数量可以集成一副扑克牌；照这个速度发展，等他精尽人亡之时，排队刨坟的妹子完全能凑齐一套传统麻将。

每次家人团聚，离别时我总会在他行李里塞一把伞。终于有次他忍不住问为什么，我说：你若不举，便是晴天。他竟马上笑了，说：我若不举，便是晴天霹雳。

姥姥家里，妈排行老大，小天娘是我妈亲妹妹，小天管我妈叫大姨，我管小天妈叫二姨，小天管我爸叫大姨父，我不知道该管小天爸叫啥——因为他爸在他西去这两年里辞旧迎新了。其实二姨年轻时正经是齿轮机厂一枝花，怎奈如花美眷终不敌似水流年，二姨父最终为一小保姆折了腰。但这事似乎对小天没有任何影响，相反，他还经常玩反间计两边表忠心博同情索取双倍学费零花钱，进而导致二姨和前二姨父的革命情谊更加破裂。当然，阴谋也有穿帮的时候，每每这时，我家就成了政治避难地。估计这回又是这样。

小天拖着大箱子亢奋地直扑母后怀抱："大姨我想死你了！"
后扑父王怀抱："大姨父真想你啊！"

扑我，喊着："姐你清减了！是不是想我想的啊……"

我闪，推他："少来这套！又来我们家避难啊？"

母后一掌砍我后脖梗上："这孩子怎么说话呢？赶紧帮你弟把行李拿屋去！"

大尾巴狼自己把行李往屋里搬，嬉皮笑脸："哎呀这种粗活怎么能让姐帮我呢！姐你快坐着别管我，站着累！"

从客厅一路叨咕到卧室，又从卧室一路叨咕出来，小天举着行贿利器："大姨，这套保养品是专门给你买的，好莱坞明星都用这个，你连用一个月瞅着能小10岁！连用半年和我妈站一起就得跟母女似的。"

妈乐得把牙花子都龇出来了。

我从字面上理解："就是用完了跟姥姥站一块儿瞅着像姐妹呗？"

大尾巴狼脸皮相当厚，趁妈修理我之际，转身开始拉拢腐蚀老党员："大姨父，这是菲利普新出的三头剃须刀，刮脸可干净了，我爸对我不负责任，以后有什么好东西我先孝敬您！"

爸刚要发表获奖感言，我及时泼以冷水："你大姨父存款少，你姐我都算计着呢，你就别惦记了。"

爸冲我挤鼻子瞪眼——我们家的习俗就是胳膊肘向外拐。唉。

"还有姐……"小天良心未泯双手奉上礼盒装瑞士莲什锦巧克力，"你的最爱！"

我接过巧克力态度稍有缓和。

小天闻到了我的肉味儿，大呼小叫扑向厨房："大姨你在做红烧肉吗？太香了简直！"

他大姨屁颠屁颠过去关火："你姐早上抽风做的，肯定没我做的好吃。你想吃啥？大姨给你做，中午简单吃两口，晚上咱上外面吃好吃的去！"

小天觍着脸搂妈肩膀："在家吃就行，我想吃烛光晚餐。"

"烛光晚餐得去光孝寺啊！那儿香火多，烛光一排一排的。"

——话没说完，妈回身又补劈了我一掌。

家里人气上涨，突然觉得也不是特别难过，更没必要以肉寄情了。午饭吃得依旧清淡。看小天狼吞虎咽的样子，仿佛看见自己身上的脂肪乾坤大挪移，竟有几丝安慰。

虽然还是忘不了他。

果然不出我所料，小天就是来避难的。他吃饱了撑的把他新妈之脸勾图嫁接到欧美性感大美人身上，PS成各款拉风海报，什么魂斗罗、97拳皇、火影忍者、星球大战、干爹切蛋糕、泷泽萝拉工作现场等等等等，上传facebook，风靡全球。这些本无可非议，因为境内管教甚严，书脸儿、推特儿什么的基本瞧不见，可偏偏二姨父公司的年轻人思想不够和谐，总干些翻墙勾当，从外网抓来笑料就往内网散布。有天午休正转载得起劲，被路过的二姨父一眼就盯上了……身为跨国饲料公司董事长，后院起火燎着裤裆，实在有损龙颜。古往今来皇帝怒了的结果只有一种：知道事儿的法办，肇事的冷藏——利用公司资源做无用功的小伙儿被开除了，提升新妈知名度的亲儿子受到严正警告辅以经济制裁。

小天不服，但又不想完全倒向亲妈影响日后遗产继承，于是暑假谎称课业繁重拒不回家认亲认错，为防走漏风声，连二姨那边都戒严了。也就是说，未来一个多月里，我家不仅要多准备一份口粮，而且要时刻警惕二姨二姨父的随机抽查。

其实这种欺瞒意义何在？我也不是很明晰。但身边多了个贱人垫底，多少可以让我的疼痛转移，而不是作为食物链的底层货分分钟忆起自己有多矬。

29

工作日的白天，我依然要假装工作。

坐地铁兜圈实在难受，情绪低落又不利于快速找工作，我给瑶瑶打了电话，她马上从英语学校出来陪我。

瑶瑶容光焕发，化了妆，穿一条清凉吊带齐 B 小短裙，露出两条坑爹大白腿，踩着 10 厘米细高跟，眉飞色舞跟我描述最近三周里自己梦幻般的变化：先是每天第一个到学校最后一个走，见到外教就大胆对话，逢课必听，回家也一直自学到深夜；接着被其中一个外教选为英语角助手，一起做道具，还认识了他的一围鬼佬朋友，大大提高了她的口语水准；就在昨天，老周突然主动和她聊天，了解她的情况后问她愿不愿意留下做助教，底薪 3500 外加课时费，能介绍新学生买课还有学费的 10% 提成。

"真的？"我替她开心，看着她的裙子马上顾虑起来，"这个机会挺好，但那个周总，你还是小心一点儿，他可不是吃素的。还有，平时别穿这么暴露，容易给自己惹麻烦。"

瑶瑶害羞地拉拉裙底，露出诱人事业线，我赶紧帮她往上扯了扯，底线又露了。

"今天是我和大力正式交往七个月纪念日，晚上出去吃饭看电影，平时我不这么穿。"瑶瑶满脸通红，"不过周总看起来挺绅士呀！´不像坏人。"

"流氓也不会把这俩字儿成天写脑门儿上,反正,你提高警惕没坏处,他的克星是赵总,你跟赵总搞好关系没坏处。"我指点迷津。

中午请瑶瑶吃饭,大力找她,出于客气,我叫他一起来,他倒是不客气,说来就来了。午饭在大西豪,有点儿吵,点好的套餐还没上,邻桌几个业务男比着抽烟,瑶瑶咳了几声,大力隔空嗷一嗓:"把烟掐了!"霎时,方圆五米鸦雀无声,我有些窘,瑶瑶小声道:"干吗呢你!"大力直直盯着几个爷们儿又一嗓:"说你呢!耳聋啊?让你把烟掐了!"

我倒吸一口冷气。

业务男们默默把烟掐了,站起身,其中一个指大力:"你出来一下。"

大力牛皮哄哄抬屁股跟人家往外走。

我和瑶瑶全傻,尾随其后,瑶瑶企图拉回大力,拉也拉不住。

转角小巷,五个KO一个,→↘↓↙←必杀招全上,貌似很屌的业务男用实际行动展现了团队协作精神,整幅画面就像八神、红丸、罗伯特一起打尤莉,外加草薙京和克拉克在旁边跑来跑去插不上手,大力瞬间倒地只有抱头护球的力气。其实如果不分立场,这一段看着还是蛮过瘾的。

瑶瑶带着哭腔喊:"别打了!你们别打了!"基本不起作用。我叫:"救命啊!打人啦!"三五个准备看热闹的街坊也不好意思地扭头走了。

掏手机拨110,鬼哭狼嚎背景下,听筒语音不缓不疾:"您好,这里是110报警服务台,不要挂机请稍候……您好,这里是110报警服务台，不要挂机请稍候……您好，这里是110报警服务台，不要挂机请稍候……"

业务男们玩完了，没留联系方式便扬长而去。电话终于接通，我报上案发地点，陪瑶瑶一起等待救世主到来。

5分钟，四个民警同志伙同六个协警一起驾到。午饭时间，大家可能饭吃一半就出来了，心情不是很好。一个年轻民警看看地上满脸是血的大力，又看看旁边哭成大花脸的瑶瑶，再看看我，拿起话机对讲："到了，打人的跑了，挨揍的没什么大事，旁边有个女的，瞅着不像正经人……"

大力不知道哪根筋搭错了，仰脸冲民警就是一句："草泥马！"

我又震惊了——他这绝不是冲动，是TM找死啊！

没等我反应完，话机民警的巴掌就结结实实搋过来了。

紧接着，瑶瑶勇敢地掏出手机对准民警喊："无耻！败类！我要在微博上曝光你们！"

那一刻，我终于明白他俩为什么能在一起了。俩人都TM是魔兽与傻B的化身！就算没受过高等教育，难道出生的时候把最起码的智商也落在娘胎里了吗？你现在什么处境啊还敢跟警犬叫板？

民警闪到后面，协警们一起上，把瑶瑶按在墙上抢手机。这个场面让我真的很为难，瑶瑶裙子那么短，一挣扎免不了衣不遮体，我知道干瞅着是不对的，一走了之非君子所为，可我也舍不得死，合计了一下之后，我决定留下来，先当一回好汉——好汉不吃眼前亏。我像个孬蛋那样不疼不痒地拉协警，嘴里弱弱央求："误会误会！别冲动别冲动！有话好好说好好说！"

大力晃晃荡荡站起来，手持半块砖头，嘴里喊着："放开我老婆！我×你们妈！"——然后就被英勇无比的民警一棍闷倒了。

一个人如果总是错误预估自己的能力，同时也错误预估别人的能力，却还忍不住用愚蠢行为证明自己的能力高于别人——我们把这种模式统称为"找死模式"。

瑶瑶被一个协警铐住，其余五个协警转战大力身上，下脚比刚才的业务男们更精准。我已被彻底征服，身体不受控地哆嗦，说了什么或者没说什么完全是无意识的，只听见大力声嘶力竭地喊："你们动我老婆我要你们命！有种你们就打死我！老子死了也要你们命！我×你们妈啊啊啊啊——"

最后一番话还是把我感动到了。不管怎么说，大力也算是条有血性的汉子。如果有可能，我甚至想亲手给他后背刺四个大字——永垂不朽。不过如果真有可能，我宁愿上午没把瑶瑶约出来。

上辈子究竟积什么德才会换来今生与傻B们一次次的不期而遇？

我TM今天还不如去找工作呢……

派出所。

世人共同见证生命的奇迹。

大力非但没死，还能骂。后来被铐在审讯室里没人理他，没人给他倒水，渴了累了不骂了，情绪基本稳定。警察虽狠，却也不傻——打死人是要偿命的，就算死不了，有时也要遭受行政处分，影响仕途。这时协警就起到了至关重要的作用，在某种程度上，他们相当于军棋中的工兵，别看个个棋子都能吃掉它，可只有它们才敢排雷。

取完笔录，我又焦头烂额帮大力请律师。很遗憾，他现在不是受害者，而是犯罪嫌疑人，犯罪行径是：袭警。

看守所医院可以免费处理皮外伤，但鉴于大力表皮组织凶险，有必要去武警医院进行全面检查及治疗，当然，费用自理，同时有民警监管。瑶瑶又要理论,我无力地扯扯她,问她是愿意接受大力死掉,她从此走上上访之路?还是愿意先忍气把病治好,秋后再找机会算账……瑶瑶仔细想了想,勉为其难地同意自费治疗。

程序走完,天色渐晚,整个人如幌子一般,一天米水未进,却也不饿。瑶瑶眼睛肿得像个桃,我带她去吃东西,她摇摇头,问:"欢姐,大力今晚在里面可怎么过啊?"

我说:"你祈祷他晚上乖一点儿,不要再闹事了,最好别把自己办假证的事儿都端出来。"

瑶瑶的不忿马上就降温了,半晌无语,抽抽搭搭又哭起来:"欢姐,我好怕……他要是有个三长两短,我可怎么办……"

我心乱如麻,不走脑子充义气:"你要是害怕,这两天就住我家吧。你也别想太多,律师也找了,接下来是好是坏就看他造化了。"

我陪瑶瑶去她家取些换洗衣服,其实心里不是很情愿,但放任不管有违江湖道义,只能硬赶鸭子上架。

瑶瑶家在棠下还要往东走很远,这个地方在我看来基本就算出城了。计程车停下来的时候我有些后悔,因为下了车还要七拐八拐走进很深的城中村里,入夜街面上什么人都有,看着很无序的样子:男人眼神大多邪如大力,一语不合马上能抽出刀;女人穿的都像今天的瑶瑶,有人询价就随时准备躺下来。我收好眼睛心虚地尾随瑶瑶身后,紧握手机包包,心想要是有人拦路,一定把所有值钱东西都扔给他,一件都不留。

握手楼第七层,走廊里饭味和霉味的混合气体挥之不散,角落的纸箱杂物落满灰尘,公摊面积上居然还有人拴了绳子晾衣服!

"怎么在这儿晾内衣啊?"我看着洗得有些松懈的胸罩和边角脱

线的内裤，相当费解。

"是啊，也不怕被人偷了。"瑶瑶的回答过犹不及。

哗啦哗啦拧开斑驳的木头房门，进屋，我傻眼：20平方米大小的空间，所有家当一目了然。之前一直觉得自己家不够大，相比之下，她家就是一盆景。

瑶瑶换衣服，我给爸打电话："喂，你干吗呢？"

"刚吃完饭，跟你妈和小天在超市里呢，你啥时候回啊？"

"啊，我现在就能回，你能不能过来接我一下？"

"不能。"

"为啥？"

"现在出去回来肯定没车位了。"

"哎呀，那就停远一点儿呗！我今天贼累，你来接我，我告诉你原因。"

"不用告诉我原因，你打车回来吧！"

"你都不问我在哪啊！万一我被人绑架了呢？"

"我觉得这种事发生的概率比较小。"

懒得跟老顽童耍贫嘴，挑重点把瑶瑶和大力的事说了一遍。爸终于正经起来："你俩别乱走，我现在过去。"

30

爸开车，小天坐副驾。我和瑶瑶上了车谁都没说话。

爸从中视镜里看看瑶瑶，又看我，问："派出所那边什么情况？"

"不知道。"我气若游丝，"律师在帮着办呢，等他给我们回音吧。"

"这孩子也是……"爸叹气,"什么装备都没有怎么敢打警察呢!"

又是一阵寂静。

小天转回头很正经地问:"晚上怎么睡?"

我不露声色:"你说呢?"

"我睡书房,她跟你一个屋?"

我盯着他:"不然呢?"

"咱姐俩一个屋。"

"滚!"

小天悻悻扭过头,觍着脸跟爸说:"大姨父,我算是发现了,这不是一个妈生的姐弟不管小时候有多铁,长大了都疏远。"

他大姨父干笑两声:"主要是你姐现在长得太大了,嫌你占地方。"

客厅,妈端出两碗热腾腾的汤面,一脸慈祥冲瑶瑶微笑:"饿坏了吧?快吃点儿东西暖暖胃。"

瑶瑶的眼泪呼之欲出,我忙闪出煽情画面,边进屋边说:"我减肥,不吃了,让小天吃吧,他长身体呢。"

妈相当不满,冲我嘟囔:"你看你都瘦成啥样了还减肥?明天赶紧去医院检查检查吧,别是得了什么怪病。"

真是奇了,瑶瑶90来斤她不怀疑人家有病,我130多斤她说我瘦得脱相了。

我无语,爸抓紧时间补刀:"减差不多行了吧!这人呐,身上缺点再多,别人也只能注意到最严重的一个,再这么瘦下去,你那两尺宽的大脸就开始被人关注了。"

有没有搞错？这家人怎么就没一个盼着我好啊？

面吃了，澡洗了，空调开到 26 度，躺在 2×2（米）的大床上，枕着我妈亲手缝制的宇宙无敌超级好睡荞麦茶叶混合型枕头，瑶瑶很快进入梦乡。我却迟迟不能瞑目，白日里各种光影喧嚣组合沉淀后的机理容易形成纪录片，在深夜的大脑皮层里原音回放，有些画面永不消逝……还是忘不了他。

翻了几个身依然心烦。我蹑手蹑脚起身开门走向厨房，拉开冰箱，信步至阳台，倚在围栏上，在万籁俱寂的夜里，俯视小区，遥想孙磊，独自一人忧伤地喝益力多。

我们一直假装相信自己已经不是动物，却又总在无眠之夜被满月打回原形。

此时此刻的他，是否会有心电感应？哪怕只是在梦里……

噩梦就算了。

家中平添两个客人，善于整景的妈完美呈现了共产主义社会全貌：鱼肉菜汤顿顿不含糊，果盘果汁日日花样翻新，闲置多年的瓶瓶罐罐盛以净水养上鲜花……我和爸面面相觑，深感没有客人的日子，我们爷俩过得就像国共合作时期。

我尚未习惯这种恩宠，瑶瑶的心灵就更加难以承受。每每食至一半，丫头都以泪洗面感慨万千，把好好的住家饭愣是吃成忆苦思甜感恩大会。妈对此却受用得很，加倍往不正常里整。于是，无论卧室里、客厅上、厨房中、洗手间，瑶瑶对母后的赞美都溢于言表，并尽可能帮妈洗菜刷碗拖地。我说："你再这样，我家钟点工来了都没活儿干了。"

没想到隔了几日，妈还真把请钟点工的钱加倍封成红包给了瑶瑶。

亲眼目睹瑶瑶在家里干活儿不是一般的别扭，尤其耳旁再同场加播妈对我不满的唠叨……我只能远离现场以求心安。

瑶瑶经常真心流露：欢姐，你真幸福！欢姐，我好羡慕你！欢姐，我多想过你这样的生活！

我语重心长："这个生活和我这个身材是配套销售的，你愿意变成个胖子数十年如一日被人当成笑话吗？"

瑶瑶反驳："身材是可以通过努力改变的，你现在也越来越瘦了啊！可是家庭却是天生的，我再怎么努力，都不可能有你这样的父母……"

"但你可以成为这样的父母。"我打断她的思路，"如果你继续往好的方向发展，那你会和一个还不错的人在你们喜欢的地方组建新家庭，虽然过程可能辛苦，但结果一定是好的。我爸常说穷不过四代，富不过三代，就是这个道理。"

瑶瑶懵懵懂懂点点头。

31

律师抱歉地通知我们：行凶者线索留得不够明显，一个都没找到，但警方仍未放弃；大力袭警证据确凿，需判四个月监禁，医药费自理。当然可以上诉，不过结果可能会更糟……原因你懂的。

没有太意外。以大力的性格，这次不出事，早晚也有机会。四个月不长不短，能适当给他教训，对他将来可能还有好处。

判决下来有几天了，瑶瑶慢慢接受了结果，也没提搬回棠下的事，睁开眼就去英语学校工作学习，回家后勤手勤脚哄得妈乐乐呵呵。两个同性之人躺一张床上很不自在，我于是每天盼着小天快点走，这样至少瑶瑶可以搬去书房睡，大家都轻松。

说句良心话，除了睡觉这回事，有瑶瑶在，全家人都很开心，原因如下：

NO.1 瑶瑶懂事，能看得出眉眼高低，说话做事有分寸。

NO.2 瑶瑶勤快听话好脾气,性格完全符合我妈对女儿的要求,一周以后，人家娘俩经常凑一起小声讲大声笑，我的作用只有在妈骂我的时候才会体现出来。不过有瑶瑶侍奉到位，妈也实在懒得骂我。

NO.3 瑶瑶做家务比钟点工干净，自己常买些蔬菜水果回来，让妈备感物超所值。

NO.4 有时瑶瑶会向我和小天请教英文疑点，大大提高了我的功能性，也降低了我一个人胡思乱想的几率。

已经半个多月没和孙磊联系了。

还是忘不了他。

32

上帝说：要有腰。

于是便有了腰。

体重130。虽然腰得不是很明显，但毕竟是通过身心双残换来的成果，理应善待。

又到了每月一度收电费的日子。我心存幻想，刻意穿上他送我的训练服，踩着心跳声出发，一路设计我们的种种开场白。

门铃不应。敲门不应。拨通电话，移动小秘书说："您好，您拨的电话已关机。"

心里七上八下打给孙淼，我清清嗓，有些不好意思："你知不知道孙磊去哪啦？他手机没开。"

"他回老家了。"孙淼爽快地答。

"什么时候走的？"

"有几天了吧。"

"那他什么时候回啊？"

"没说。他辞职了，没告诉你吗？"

"哦。之前说过，不过没想到这么快，我最近去健身中心也没见他，没事儿，就是问问。"

"他是不是走前没交房租啊？"

"啊不是！那个……我最近也辞职了，想看看他干吗呢，有空大家出来吃饭……你今天有空吗？"

"我不成啊，在上海呢，我把他老家手机号发给你吧，你给他打电话。"

号码拿到，迟迟下不去手。正犹豫着，孙淼又发了条短信，补充了一个重庆地址，还说：你没事就去找他耍吧，他最近好像心情不太好，我没细问。

精神随之抖起来。我如获至宝，欢天喜地去健身，所有项目都做了双份，汗流浃背间，内心逐渐强大——"心情不好"这种症状最适合乘虚而入。一想到失意人在故乡，惆怅、起风、叶落、伤心处黯然流泪，抬眼但见他乡友人……就禁不住激动，没准儿还能上演一段抱头痛哭互诉衷肠的戏码。

这么想着,已经有些迫不及待了,我愿做一只小肥羊,跟在他身旁;我愿他拿着细细的筷子,轻轻夹起我涮进那麻辣汤……心里哼唱着悠扬的小调,我奔赴火车站售票厅。

晚上和瑶瑶小天把酒言欢了一下。仨人在我房间里从飞行棋玩到真心话大冒险,小哈啤喝下一打,瑶瑶率先挂掉,我和小天转战书房清瓶聊天。

小天为了下半年的生活费,决心忍辱负重北上请罪。我举双手表示赞成:自古胳膊拧不过大腿,识时务者为俊杰,领土已经不完整了,国家宝藏就更不能悉数落入贼人口袋,留得青山在,不怕没柴烧,何况跟二姨比起来,保姆再怎么年轻单纯,过两年也得沦为出土文物,就算运气好生出一个半个皇子贝勒,只要太子没逆天,小崽子登基可能性微乎其微。人的情感是复杂化合物,血缘关系到什么时候都能抑制荷尔蒙分泌。小不忍则乱大谋,所以在不确定能推翻政权的前提下,不要草率把矛头指向领导人。要先清除外患,再平定中原。商纣王与苏妲姬、唐明皇与杨贵妃当年淫乱得天崩地裂,可哪对都没白头到老。

小天把最后一口酒一仰而尽,眼睛通红,还想再喝。我翻箱倒柜把爸压箱底的陈年拉菲拎出来,跟小天用广口玻璃杯半杯半杯往下干,没有下酒菜,瓜子嗑了一地。

我们从二姨夫的新欢旧爱聊到他自己的一百单八将绯闻女友。

我说:"二姨真好,都不怎么管你,不像我妈。"

小天说:"怎么不管?咱俩妈是同厂产品只是不同规格。大姨是明里暗里都损你,我妈是人前笑而不语,人后处以极刑,我能活到今天都算命大！"

"还是收拾轻了。"我笑，"你可真是你爸亲儿子，事业心没见你学着，拈花惹草无师自通。你要不是我弟，在我眼里就是一浑蛋。"

小天傻笑两声承认自己挺浑，"但是！"他辩驳，"真浑蛋比伪君子好太多，生命那么长，慢慢你会发现，浑蛋活得真实有人性，心里想什么就干什么；伪君子说着人话不干人事，没人兜底不敢开仓放粮，有人兜底就敢开枪放火。"

我沉默。确实——什么是浑蛋？一个人不知检点玩弄感情，但可以为你出手修理伤害过你的贱人，那你要不要和他划清界限？一个人什么钱都赚，但在你亲人等钱上手术台时为你垫付所有费用；而你的君子挚交只能在精神上支持你，送出一百万个祝福，那你是不是会高尚地拒绝赞助睁眼看着亲离别？

好人不好，坏人不坏，出了幼儿园，谁TM也别说自己干净。

小天咂咂嘴："酒真好！"然后一仰又一杯，咽下，话锋一转，"姐，我猜你最近心里有人了，但你要听弟弟的，别太认真，有的人注定只能停在心里，不能留在身边。"

我心想，你懂个屁。

小天继续："我不知道他是什么人，但我感觉你跟他在一起并不开心，至少现在、这几天一点儿都不开心。一个不能让你开心的男人就不要花心思在他身上。男人都是视觉动物，第一眼就能判断这女的是不是他想要的，想要就千方百计摁住，不想要就千方百计装傻，包括骑驴找马。你做的一切努力都不能改变他的初衷。即使改变了，也是一时，他心里没你，你们就没有结果。"

我说我相信日久生情。

"那也要日过才能生情。"小天半醉半醒，"姐你现在挺好的，你还能更好,但你的好只能用来等下一个男人,不要浪费在这个人身上。"

我说你什么都不了解……

小天笑了:"我什么不了解啊!我有一个那样的爸,自己又是这副德性,说句欠抽的话,我给女孩买的验孕试纸可能都比你用的卫生巾多。男女之间,谁先把对方说的假话当真谁就输了,谁把错觉当真爱输得就更惨!你净看王子微笑牙很白,其实王子放屁也挺臭。"

突然头疼,我起身说你早点休息吧我要回屋睡了。

小天晃晃荡荡起来一把拉住我,把我拽了个趔趄,才让我意识到当年一推就倒的小萝卜头已经长成了大小伙子,从45度角仰视过去,这孩子也出落得相当帅气,难怪有那么多倒霉姑娘误入歧途——敢问世间还有没有比没底线的帅哥更美好的东西?

只可惜我俩是近亲。

喝多了的小天眼里闪烁着不知是激动还是激情的光芒,舌头有些打结:"姐,别太把男人当回事儿。给爱你的人留灯,别被你爱的人牵着走。如果哪天谁敢欺侮你,你一定告诉我,我去收拾他。"

我扬起巴掌像小时候那样拍他脑门:"赶紧洗洗睡吧!"

说罢开门回房。

关门的一刹,泪腺却开了闸。那些话一针一针缝在心上,细细密密的血丝沿着针脚渗出来,疼得让我分不清哪里是重点。

小时候摔倒,总要看看周围有没有人,有就哭,没有就爬起来。长大后受挫,也要看看周围有没有人,有就爬起来,没有才会哭。哭的时候没人哄,慢慢坚强;怕的时候没人陪,渐渐勇敢;烦的时候没人理,默默承受;无助的时候没人帮……然后才学会自立。可是在我坚不可摧的甲壳里，却蜷缩着自卑和脆弱。就像贝类，只要找到缝隙扒开外壁，沸水中涮也好，生剥开嚼也罢，怎么处置都不会有任何反抗。

我想得到一个男人的重视，那个人把我视为女人和孩子，我们偶尔争吵，但不伤感情，在危险来临的时候，他会像个骑士一样勇敢地披挂起铠甲将我护在身后……这种感觉绝不是爸爸和弟弟能给的。

关上房门，月光里，瑶瑶卷了空调被，睡相如蚕蛹般安详，那个为她坐牢的男人不知此刻睡得好不好？静静躺在她身边，我又开始羡慕，至少，有人愿意为她拼命。不过……我把脸撇向另一侧：如果拿大力这种男人来交换我爸和小天，打死我也不干。

闭上眼睛，孙磊在苍穹中一闪一闪。虽然有些事从一开始就注定没结果，但还是不想轻易放弃，哪怕只换来一时或者一瞬的记忆。人生的意义在于体验过程，如果只求结果，那每个人生下来就可以去死了。

早餐吃得相当诡异，爸和妈都不拿好眼神看我。我说："干吗啦，有话说！"

妈说："一屋子酒味儿！你俩昨晚干啥了？"

"能干啥？肯定是喝酒啊！"

"一打啤酒都不够？还开红酒？"爸看着拉菲空瓶满眼哀怨。

"哎呀，喝好了嘛，我们姐俩难得凑一块儿喝酒。"

"那你俩叫我起来一起喝啊！"爸道出心里话。

妈瞪了爸一眼，爸不为所动："我屋里还有一瓶存了30年的茅台呢，你出生那年花8块钱买的，本来想留着你结婚的时候喝，现在也没盼头，哪天咱爷仨高兴给开了吧！"

"还有这存货呢！"我和小天眼睛一下就亮了，异口同声，"卖了吧！"

小天抻着脖子："真的大姨父，这酒现在至少能卖10万以上！"

"你闪开！"我怒，"我爸的酒，要卖也是我卖，没听你大姨父说等我结婚呢吗？那就是我的嫁妆！你们谁都别惦记。"

我转脸微笑："爸，酒搁哪了？给我看看呗！"

一家人欢乐中，瑶瑶眼神忽闪着又准备煽情，我及时岔开话题："对了，我晚上去重庆出差，明天小天走我送不了了，瑶瑶，你替我陪好他，走前看看家里贵重物品有没有不小心掉他行李里的，一定要拿出来，他拎着怪沉的。"

瑶瑶憨厚地点点头。

小天一扬下巴："姐你放心去吧，瑶瑶和茅台都交给我了。"转脸冲瑶瑶，"姐床挺大的，晚上一个人睡觉害怕吱声啊！哥陪你。"

瑶瑶没长心地再次点头。爸妈都忍不住噗嗤一下。

16点56分，火车载着我和我的希望工程准时出发。

天色尚浅。出了站台，房子越来越少，远近浓浓淡淡的蓝重叠浸染，烟云微抹，心事也隐于沿线笔墨间。

下铺两张床挤了六个高中生，叽叽喳喳讲着广东话，话题离不开老师同学作业游戏，男孩眼底纯净，女孩笑颜如花。生活轨迹里已经很久没有暑假的概念了，禁不住多看一眼，也许再过一年，这些神气就全不见了。

依稀记得儿时第一次坐火车，深秋，和爸从东北进内蒙，趴在窗边看植物一路由绿变红再变黄的全过程，感觉真奇妙。弹指三挥间，我也走到了青年段的尾声，就像正在变色的叶子，既没资格卖老，又没本钱装嫩，掉与不掉全看风力大小。

餐车推过，车厢里飘来红烧牛肉味防腐剂被开水泡化的味道，我插上耳机先行合眼，意识清醒地告诫自己：这一趟不管感情有没有着落，回来都要收心找工作了。爹妈不可能养你一辈子，房屋产权证不管花多少钱买的，几十年后依然属于国家。只要穷，你就不得不与那些产生最多脂肪和热量的物质打交道，绝食只能一时，不可一世，好自为之。

33

第2天下午3点多抵达重庆。路边整了碗地道肥肠粉，在麻辣驱使下按短信地址打车前往。从城里开到镇里，又从镇里开到村里，心念着孙磊见我时的惊喜，自己惊喜了一路。

下车付账，寻向民宅，敲门，内心大感恩——知道他非富贵人家孩子，全身上下的器官都好受很多。

门开，竟是个6岁上下的孩子，我愕然，紧跟着又跑出两个孩子，用川普冲屋里喊："不是叔叔！"一个武侠小说里才有的白发奶奶身体硬朗健步走出来，满眼疑惑。

"你好，请问这里是孙磊家吗？"我举着手机不确定地问。

老奶奶冲我招招手，说了一堆方言，我猜，她是让我进去。

我礼貌地鞠了个躬，站在门口又慢慢说了一遍："我是孙磊的朋友，他姐给了我这个地址，我还是给他打电话吧……"

电话刚拨，身后响起铃声，回头，孙磊拎着刚买的东西，表情没有惊喜，也没惊讶，甚至惊都没惊，只说了句："来了。"然后走到门口把东西交给孩子，和奶奶讲了两句四川话，把我拉出。

我乖乖相随，怦然心动——因为他用着我送的手机。那感觉，像是默认了我们的关系。

"你知道我来？"我问。

"嗯。孙淼说了。"

没悬念。

"吃饭了吗？"孙磊问。

"下车时候吃了点，晚上不吃了，减肥。"

"好像又瘦了。"孙磊脸上挂起久违的笑，"有住的地方吗？"

"没找呢，一下车就过来了。"

"那走吧，我带你去招待所。"

我们一路走着，我一堆疑问，不知道先问哪个好。

"准备耍几天？"竟是孙磊先发制人。

"没想呢，我也辞职了，没来过重庆，怎么也得玩够了再走吧。"

"那你明天回市区吧，市区里吃东西逛街更合适，这附近只有一个森林公园，有兴趣明早我带你去。"

"好啊！你什么时候回广州？"

"没想呢。这个月的水电单是不是到了？"

"不急，等你回去再算吧。"

"还有个事想跟你商量下。"孙磊慢吞吞地说，"我不在健身中心做了，那套房子租金对我来说稍微有点贵。虽然过两天也要回去找工作，但我想回去以后在工作单位附近再找房子租，跟人合租都无所谓。"

我心里咯噔一下。

孙磊继续：“当时签了一年合同，现在中止肯定是我不对，但我也有难处……你看，能不能跟大房东通融一下，后面一个月的押金我不要了，你们现在就招租，我随时搬走，要不，我在网上帮你们找新房客。”

"房租……其实都好说。要不你先住着吧，我家这套房子没贷款，回去我跟我妈说一下。"我神志不清说着越权的话。

"别！你妈肯定觉得我是个骗子。"

"我这次来，也是有事跟你商量。"我灵感乍现。

孙磊好奇地看着我。

"我前两天辞职，就想自己干点儿什么。想把我家这套老房子卖了，当启动资金，开个私房菜馆，你要有兴趣就过来给我当经理，凭你这张脸，肯定能留住不少客人。"

——这真是把大脑换成核桃仁才做得出来的决定！

但我居然说得脸不变色心不跳。

孙磊想想，问："你家有人开过饭店吗？"

"没有。"

"没经验不怕亏钱吗？"

"我做菜很好吃的，我觉得只要用心做就不会亏。"

"做菜好吃和开饭店可是两码事啊！"孙磊泼了盆冷水，"不过，我大学时候倒是在饭店打过工，切墩跑堂进菜送外卖都干过，这个事儿真可以琢磨琢磨。"

我心脏突突地跳，一方面为能挽留住孙磊兴奋不已，一方面觉得自己先斩后奏定会引来杀身之祸。

不管了，色字头上一把刀，上下总得有一处豁出去的。

"刚才那儿是你家吗？"我换了个频道问孙磊。

"啊,不是。"

"亲戚家?"

"也不算。"

"那是……"

孙磊停住,指指旁边:"家庭旅馆,这家老板我认识,挺干净的,今晚就住这吧!明天上午去公园,下午我送你去车站,你在市区里吃吃玩玩更有意思,这边什么都没有。"

我不被干扰,继续问:"好多小朋友啊!是你亲戚的小孩儿吗?"

道边,除了蚊子啥也没有,我和孙磊人手一瓶老山城。

孙磊娓娓道来:"我和孙淼是在孤儿院长大的,念希望小学,你刚才去的是我们小学孟老师家,老师一辈子没结婚,收养了很多像我们一样的娃娃,我和孙淼从小吃住都在那儿。工作以后我们每个月给老师寄钱,逢年过节就回来看看,老师用我们孝敬她的钱和自己的退休工资来资助更多娃娃……就这些事,没了。你可千万别问我亲生父母是谁,我也不晓得。"

愣了半晌,我才回过神来说对不起。

孙磊勉强挤出一个笑脸:"老师养大的娃很多都工作了,但有一些慢慢就没联系了,可能是混得不好吧,也可能是混得太好想摆脱这个成长背景。这个背景对我和孙淼来说倒无所谓,娃娃里有几个是先天残疾的,和他们比起来,我们已经够幸运了。"

"所以你每个月都存不下钱……"

"也不是一点儿积蓄都没有,可也不多。不过只要我想,赚钱不是很难。"

"是靠各种大姐吗?"我猛灌一口酒,壮胆问。

孙磊没恼："不是谁靠谁。各取所需。"

"那你没想过交一个正经的女朋友吗？"

"这不是想的撒～，女朋友出现就交喽。"

"你跟大姐们藕断丝连的，万一让好姑娘看见犹豫了怎么办？"

"我们身上很多事都是改不了的，身世改不了，身高改不了，经历改不了，除了这些，什么都能改。她如果接受不了我的过去，就注定不是我的人；能接受，我们就彼此珍惜。我也不会强求任何人跟我一起吃苦，但有了对象以后，我会努力把日子往好里过。"

孙磊拎着瓶子站起来抖抖腿："起来回屋吧！蚊子太多了。晚上跟老板要个蚊香，明早我过来找你。"

酒劲一小时就过了。一夜无眠——床板硬，蚊子多。

睡不着的人容易胡思乱想，想着想着天就亮了。

本以为我会一个人流窜，然后孤独地觍着脸回家。没想到天亮后看见孙磊也带齐了行李物品。接下来的三天里，剧情突然有转机：森林公园、解放碑、朝天门、南山、洪崖洞……一路有花样男子陪逛陪聊；老鸭汤、羊杂汤、豆花、抄手、毛血旺……从日出嚼到日暮。

小什字家乐福对面，孙磊带我一边吃麻辣小面，一边指着罗汉寺说："《疯狂的石头》就在这里面拍的，吃完了把嘴擦干净，我领你进去参见关二爷。"

站在瓷器口排一小时的队买陈麻花，挤出人群，我问："哪个是给孙淼留的？"孙磊撕开一袋椒盐的递我说："咱们吃剩下的都给她，没剩的就别提这茬儿。"

街头巷尾，流动的是美女，凝固的是美女她妈——孙磊指着张张牌桌介绍："麻将是我们重庆的传统国粹，无人不会，无人不打。"

两块钱一位的索道上，俯视山城美景，遥望两江交汇，孙磊小声问："听见了么？"我问："听什么？"孙磊说："麻将声。"说完自己就笑了。

入夜一起去江边吃火锅鱼。吹着小风，喝点小酒，孙磊赤裸上身，麻辣喘息，引人遐想。我说："咱俩还没有一张合影呢。"他大大方方坐过来举起我的手机，搭我肩膀拍了一张微醺的大头照。

为了省钱，我们在快捷酒店开了一间标准双床房。这主意是他提的，大家都是成年人，我也没腼腆。但正如想像不到的那样，两个晚上，任楼上隔壁叫声如潮，我俩依然纯洁如童男童女。他睡得好不好我不知道，我反正是没睡好。上半宿在期待，下半宿在思考。

和他不管离多近似乎仍有隔阂，有时看着他笑却觉得那笑容并非出自真心，在他脸上找不到喜欢或者讨厌、愿意或者反感，猜也猜不透，问又问不出，总觉得他藏了太多心事，太多隐忍，神秘至极。但这无妨我一念执着，哪怕心里很清楚他是多少人的猎物，他又可以为多少钱出卖肉体……

这种病态在医学临床上统称为"犯贱"。

我在被窝里划亮手机翻出我们唯一一张合影，画面上只有两张脸，看不清背景是什么。

34

体重134。磅秤从不撒谎。掐指一算，刨了在道儿上的时间，合着每天涨一斤。欢吃欢造的代价就是以水为餐，直至体重恢复到历史纪录。

信口开河可以不负责任，但亲口说过的话不会全忘。返穗未满24小时，我壮胆跟最高领导人进行了一次严肃会谈。

我说："妈，告诉你一件事，我辞职了。"

妈愣了一下，问："为什么？"

"老板私生活太混乱。"

"关你屁事？"

"他找我做假口供，穿帮了，得罪了老板娘。"

"……"

"不过妈你别担心，我这几天出去，一是散心，二是思考。我觉得我已到了而立之年，不能再碌碌无为混日子了，我想创业，做自己的事业，不用看谁的脸色。"

"你想干吗啊？"

"我想跟朋友合开个饭店，私房菜馆，自食其力。"

"拿啥开？"

"咱家那套小房子不是给我当嫁妆的么？我想把它卖了，作为本钱，赚来更多的嫁妆，以此报效您的养育之恩。"

"你脑子长肠子里让饭盖住了吧！这主意谁出的？啥朋友啊？是不是设套骗你钱呢？"

"您怎么这么阴暗啊？"

"你就长了个挨骗的脑子！社会上认识的全是酒肉朋友，无利不起早。"

"你有朋友吗？吃不着葡萄说葡萄酸……"

"我怎么没朋友？"

"谁啊？哪呢？"

"你爸就是我最好的朋友！"

"我爸是以慈悲为怀不给社会添负担!"

"甭说了。这事儿我肯定不同意。你自己有钱就投我不拦,没钱在家待着也饿不死你,别往倾家荡产上折腾。"

话不投机半句多啊半句多!我还没展开宏伟蓝图呢,热情的小火苗就让第一房东给掐了。我强忍剧痛拖着疲惫的躯体去健身中心甩肉。

奔跑中,我想起了徘徊在白领公寓与民工宿舍间的孙磊,想起多年寒窗苦读却郁郁不得志的自己,想起怀揣复仇信念却要忍辱负重的小天,想起寄居家中的瑶瑶和蹲在牢里的大力,心中充满正能量。

人若没有冲动,那和一块叉烧还有什么区别?

我决定晚上再为自己日渐衰老的冲动做一次努力。

钥匙插在门上就听见屋里欢声笑语,进屋,一家三口温馨晚饭的戏码正在上演,心中莫名漾起失落感。瑶瑶扭头放下碗:"回来啦姐!我给你盛碗汤,听说你回来,今天特别煲的冬瓜海带,没放肉,你不吃饭就多喝点汤吧!排毒瘦身的。"

我说好,然后放下包去洗手。

人在洗手间,听妈在饭厅不见外地吆喝:"瑶瑶你甭管她,让她自己盛吧,你吃你的。"

失落感加剧。

从瑶瑶手里接过汤碗,我一言不发,瑶瑶甚是乖巧,乖巧得看起来那么扎眼。

妈还在叨叨:"这孩子真是越大越没谱,进来招呼也不打,坐下就吃,都不知道谢的!"

瑶瑶马上替我辩解："哎呀谢什么啊！要是算这么清，我每天睁开眼睛就要谢姐一直谢到天黑了！"

我说："是啊，都是一家人了，讲什么礼节啊。"

爸看出我的不爽，问："重庆好玩不？"

我说："挺好，好吃的东西太多了，但不方便带，就只带了点零食回来。"

"听你妈说你上上周就辞职了，那急着回来干吗，难得出去一趟，多待些日子玩透了多好。"

我想说再待些日子回来家里可能连锁都换了。想想这话针对性太强，卷着汤咽了，不做声。

爸扒干净碗里的饭，撂筷，起身瞅着我："喝完汤来书房一下，我有话跟你说。"

好久没在家听到这么官方的邀约，我愣了一下，看了妈一眼，妈装作什么都不知道，不过据我对她的了解，估计爸已经知道我打老房子的主意了，照他刚才这个态度，即将听到的话，十有八九凶多吉少。本来还想跟妈软磨硬泡一下，没想到她还真是痛打落水狗。

将汤一仰而尽，硬着头皮进书房。

"咱家有三样固定资产。"爸开门见山，"这套房子，我和你妈，这三样不能动，剩下的都是流动资产，作为家庭成员，咱仨任何一个都有权利提出合理建议及处置办法。"

我眼前一亮。

爸没有过多表情，接着说："我听你妈说你想开饭店，你给我讲讲你的想法。"

我说："呃，其实现在也只是想法，我想开个私房菜馆，我朋友有这方面的经验，从环境装修到菜品原料都精雕细琢，现在地沟油太多，有钱人请吃饭要面子也要健康，我们只做高端客户，每天只接待几桌，但把价位和服务提高，我觉得只要用心做肯定有市场。"

"预算多少？你和朋友的合作是入股形式还是雇佣形式？厨师和原料哪找？"

"这些都还没想呢，我妈把我的建议给否了，想了也没用。"

"你做个书面方案给我，地段、租金、装修、菜系、员工什么的，越详细越好。我觉得行的话，那套房子归你处置，你妈这边的风险我来承担。"

"真的！"我差点儿没哭出来，当即扑上去搂住爸的脖子，"爸你太好了！你真是我亲爸！"

爸拍拍我后背："你妈也是你亲妈，这事儿我可以作证，假不了。"

"她都没让我把话说完就给否了。"我还是没忍住，一边抹眼泪一边申冤。

"你妈把钱看得比生命都重要，但我是这个世界上唯一一个在她眼里能和钱画等号的物质，所以你是我闺女真的很幸运，我可以替你出头做主。"

我噗嗤笑了："你不怕我把钱亏了？"

"做生意肯定有亏有赚，我觉得你应该不会故意往亏里整。"爸心态平和呷了口茶慢慢说，"我一直担心你胸无大志，毕竟是女孩，家里也不等你出粮，无大志就无大志吧。现在你有自己的想法很好，能把想法变成现实就更好。到了我们这个年纪，没多少物质追求，我觉得一家人只要平安健康就足够了，除此外，只要不违法、不缺德，你想干吗就干吗。如果卖房子开饭店让你来劲，那咱们就卖房子，不下血本你也不一定上心，有压力才有动力。"

这年头对我不离不弃的除了马桶和床，果然还有我爸啊！我心里再次飘起泪花，掌声响起来，我心更明白。

爸拍拍我肩膀做结案陈词："放胆做，别怕，到啥时候都有爸给你兜着。我这两天去中介看看价，咱家房子地段好不愁卖，你把方案弄好了就上我这儿来批钱。"

出了书房，妈问："你爸跟你说啥了？"

我苦着脸："没说啥。"

妈自以为是地得意抿嘴："听人劝吃饱饭。挺大岁数了，别总突发奇想让我们跟着操心。"

瑶瑶扎着围裙，像个贤惠的小媳妇从厨房端出水果进屋："姐，今天的葡萄特别甜，你吃两个！葡萄是水果不会胖人的。叔叔干吗呢？要不我装一小碗给他？"

"不用，我出来了。"爸笑吟吟端着盖碗，"你们吃，我喝茶。"

"瑶瑶，以后书房归你了，我晚上睡觉不老实，别哪天打把式踢着你。"我佯装不经意地说。

"行，我睡哪都行。"瑶瑶没有不快，"你们先吃着，我现在就进屋收拾。"

"歇会儿！"妈一把把将她摁住，"刷了碗也没见你歇着，还早呢，你俩一会儿再折腾也来得及。"

瑶瑶瞅瞅我，我也不好意思了："是啊，不用这么急，一会儿我帮你铺床。"

晚上帮瑶瑶展开沙发床，换床单，套枕套。瑶瑶从身后变出一个小礼盒，笑眯眯递给我："姐，送你的！"

我愣了一下，问："为啥呀？"

她把礼盒塞我手里："我开支了，给你、阿姨和叔叔都买了礼物，这段时间打扰真是太过意不去了，东西不贵，却是我的心意，你一定得收下！"

我有些窘，尴尬地拆开包装，竟是一只爱马仕的橙色长钱夹！我抬眼看她："这还不贵？你哪来的钱买这个？"

瑶瑶脸腾地红了："我……我开支了啊。"

"你开了多少钱啊？"

"算上课时费6000多。"

"那也不够买这个吧？这个多少钱？"

瑶瑶见瞒不住，只好实话实说："姐，我说了你别生气，这个不是我买的，是我们学校一个外教送的，我本来不要，但他一定送，我就收了。其实我不认识这是什么牌子，也不知道多少钱，但我知道可能是个名牌，我的气质衬不起这个，所以就想着送你。你可千万别生气啊！"

"那个外教是不是对你有意思啊？你要不想跟他怎么样就别收人家礼物，不好。"我把钱夹包好还给她。

"不是不是！姐，你千万别误会，他经常组织英语角活动，我帮他现场组织会员，我是想着自己也能提高口语就从来没收过他钱，他只是感谢我一下。"

瑶瑶把钱夹又推回来："姐你就收下吧，你这样我很尴尬的，但我真没别的意思，要是让他看见我天天用这个钱夹没准儿还以为我对他有意思了。"

"那我给你钱吧，不按原价，但怎么也得按五折给你。"我想了个折中的办法。

"姐你是成心让我急吧！"瑶瑶还真急了，"我又没花钱，怎么能收你钱呢？我在你家吃住一个多月了还拿阿姨给的红包，我、我都不知道怎么报答你们好……"

"你给我爸妈买什么了？"

"没啥，就给叔叔买了个能折叠的老花眼镜，给阿姨买了一双软底鞋，都是很便宜的东西。"

"行吧，这次就算了，真别再花这些没用的钱了。我让你在家住不是图你回报什么，你要这么弄还是搬回去住吧！"我说着违心的话，其实心里真是希望她主动提出回家。

瑶瑶又露出笑容："知道了。对了姐，你明天中午能陪我回趟家么？我想拿点儿东西，大力不在，我有点儿害怕。再有仨月他就出来了，等他出来我就不用麻烦你们了。"

"行。"

——有时候还真是恨自己这个不懂拒绝的性格。

35

城中村的白天相对安全，一路走过，依然有个别异样眼神袭来。我问瑶瑶："街坊都知道你家大力出事了么？"

瑶瑶摇摇头："平时都不怎么说话的，应该是看太久没回来住了吧。"

屏住呼吸上到七楼，我俩双双愣住，木门关着没错，但锁口处塞了一团报纸。

瑶瑶几步快跑冲过去一推门——眼见之处啥都没有，连空调机都被人拆了，只留下墙上一个孤零零的大洞，以及顺洞飞进来避暑的昆虫。

大热的天,我由内脏凉到表皮。瑶瑶瞬间精神崩溃,说了两句"怎么办?"脚一软跪在地上,继而失声大哭。关门、哄劝、报警,我说:"别哭别哭!我们等警察来了看看怎么办。"话一脱口,瑶瑶哭得更用力了。

因为太悲伤、情绪太失控,再加上房间里温度有点儿高,哭着哭着丫头就倚墙睡去,我也有点儿困,强打精神等警察。

15分钟后,一老一少两个民警出现在楼道里,站门口环顾一圈,说:"现场已经被你们破坏了。"

我脾气出奇的好,小声辩解:"我们来的时候就这样。"

年轻民警往地上一瞅:"哟,这还躺一个?"

"太难过,昏过去了。"

"昏了还打呼噜呢?"

我俯下身把瑶瑶推醒。瑶瑶看见警察又要哭,被我及时制止,说:"别给警察同志添麻烦,抓紧时间反映情况。"

瑶瑶站起来抽抽鼻子:"我有一个月没回来了,今天回来就是这个样,家里东西都不见了,连空调机都让人给拆了……"说着说着又要哭,被我拉到一旁。

我忙打圆场:"警察同志,您看我妹妹刚步入社会,本来就没钱,才在这儿租房子,现在遭此大劫,人生观都颠覆了。他们实在太缺德了!这哪是盗窃啊?这根本就是抄家!连一张照片都没留下。我知道你们特别忙,但还是希望你们能从百忙中抽时间帮我们把犯罪分子绳之以法,好歹把私人物品追回来,不然我妹妹前20年的回忆都被清零了,万一过不去这道坎儿报复社会也是我们大家都不想看到的结果。警察同志,如果你们真帮我们破了案,我肯定找报社电视台去采访你们,我们全家都过来给你们送锦旗,感谢你们的大恩大德……"

警察同志戴着白手套一边拍照收集脚印和粉尘，一边听我叨叨，摆摆手："别找记者，我们很忙。"

我说："是是是，那到时候我接受采访，总之得把你们英勇破案的事迹发扬光大。如果能借此助你们年底立功受奖，也是让我非常欣慰的事，谁是最可爱的人呐？你们就是！"

年轻警察瞧着我笑了："你是说相声的吧？"

房东来了。

和意料中出入不大——房东一来，满脑子缺氧。当她用高八度老烟嗓和着二两悲怆半斤激愤的广东话发泄情绪的时候，20平方米的水泥地上瞬间鸦雀无声，回音在走廊里绕梁三分半。半晌，被盖过风头的警察同志还魂回来，用更强的爆破音重振警威："收声！"房东太太才意识到面前不全是她的租客，然后开始怯怯讲广普，煽情流下热泪，说她的家私家电有多贵。

瑶瑶低头默哀。我清咳一下，又不长脑地往自己肋上插刀："大姐，您先别激动，我们没说不认账。把您找来的目的就是让您核算一下屋里家当值多少钱，破了案我们原物奉还，破不了我们就按价赔偿。"

听说有赔偿，房东太太态度好了一些，眼珠一转，不满地咕哝："这个我要回去慢慢算啦！我里面东西都很贵的。"

我在内脏里鄙视了一下，心想贵个屁啊我又不是没见过，家具款式又旧又破，电视是球面的，空调至少是十几年前的，一按开关声音就像飞机螺旋桨摇脱把了似的……全打包卖给废品收购站超过1000都算赚。

想归想，嘴上还是客客气气："贵也有价是吧？什么品牌、哪年的型号、入住时候有多少磨损了……您说一个月几百块的出租屋里摆全套黄花梨木家具也不客观对不？"

不料房东太太一下恼了："你乜意思？别的家具不值钱，我那两把椅子可都是酸枝的！放到市场要上万一把！"

我无助地将眼神递给警察同志。许是刚才马屁拍得不错，年轻民警富含正义感，严词把房东给卷了："你把你们租赁合同拿出来，上面有没有标注屋内家具价值多少？你说是酸枝的,有原始发票吗？没发票把照片提供出来让租客确认了再找专家鉴定一下。"

房东再次收声。

几个回合拉锯，将赔偿由 20000 降至 5000，瑶瑶点点头，房东拿着事故处理单愤然离去。

勘察完现场，警察同志尽职尽责敲开楼上楼下的每一户人家调查情况，而后带我们去派出所取笔录。

每个人的故事都有起承转合，可瑶瑶的故事每一段都含易燃易爆品。她出的上联我永远对不上下联，她的谜面也让人猜不到谜底，只能任剧情漫延，不知不觉就被拐进她的戏幕，也被迫让她介入到我的生活。

出来，我问："警察怎么说？"

瑶瑶揉揉眼睛有气无力："他们说，让我回去等消息，因为邻居全是租客，成分有点混乱，可能是邻居作案，也可能是流窜犯。"

"还可能是自己搬走的呢，真是……"我嘟囔，"什么可能都让他们说了。"

瑶瑶不语。

我要送她回家，她想想说下午还得回学校上班。人生得此员工，夫复何求？

我对瑶瑶的钦佩是发自肺腑的，我对瑶瑶的同情是发自肺腑的，我对瑶瑶的关心是发自肺腑，但真不能陪她很久，所以我没拦她。今天约了孙淼孙磊一起商量开饭店的可行性，她再不幸，发生过的事也不能改写，终究还要住在我家等大力出狱，而我们下午的会晤则可能影响我的财运命运桃花运。

"你真决定了？"孙淼表示讶异。

"是啊，但我自己一个人肯定做不来这事儿，所以看看你们有没有兴趣，跟我一起干。"我说着话，眼神一直瞟孙磊。

"好啊！我也想干点什么，但开饭店得投多少钱啊？我只能拿10万，多了没有。"孙淼甚是爽快。

"那就按总投入分股，关键是我没有经验，听说孙磊在饭店干过，所以得听听他的意见，有没有可行性，毕竟咱不是玩票的，虽说投资有风险，但如果确定是赔钱的话最好还是别干了。"

"看看有没有地段合适的铺位，前期投入了以后还得保证手里有30万以上的流动资金，哪个项目都有风险，要不咱先算算手上钱够不够，你真要卖房子吗？"孙磊问。

"嗯，我跟我爸商量了，我家这套房子百十万还是能卖上的，而且可以带租卖，所以你也不用搬走，只是以后房东换人了。"我有些伤感地看看旧屋四壁。

"有钱真不如贷款多买几套小房子，都租出去，以租还贷，隔几年卖一套，比做什么生意都赚钱。"孙淼带头跑题。

"你这招人家都用烂了，不然广州也不能限购。还是想开饭店的事儿吧！"孙磊兜回来，转脸看我，"我帮你做计划书，明天给你，你看要有修改的地方咱们再商量。如果这事儿成了，你就从房东变成我老板了。"孙磊脸上绽放出招牌微笑。

那一霎，心里的不安融化开来，再多的描述都是废话。

浮生长恨欢娱少，肯爱千金轻一笑。为这一笑，我花光所有心机。

本来心藏小欢喜，到家看见瑶瑶的肿眼泡，重新换上大悲脸。爸妈听说了瑶瑶的最新动态晚饭都没怎么吃好，冰箱里塞满了剩菜。妈单独出去散步，回来时递给瑶瑶一个信封："闺女，阿姨能帮的不多，这5000你拿着，先把欠人的钱还了。"

当时我就震惊了——不是钱的问题，是我想不通妈的母爱怎么总恩泽在别的孩子身上？从小就是，别的孩子摔个碗，妈会柔声关切问："伤没伤到手啊？"摔碗的若是我，妈定要千里传音狂吼："你那只手是找砍的吗？"

我是后娘养的吗？我是后娘养的吗！我是后娘养的吗?!

瑶瑶怯怯地推回来："不行阿姨！这钱我不能要。我在这吃住打扰怎么好意思再拿你们的钱啊！"

妈又推了一下："拿着吧，如果警察破了案，你再还也不迟。没破案就当我们帮你分担一下，这种事儿，摊谁身上都不好受。"

瑶瑶再推："不行不行我真不能要！您和叔叔都是领退休金的，再说这也不是笔小数。"

爸把信封强塞给瑶瑶："给你就拿着。我们不富裕，不过还没到等这5000块揭锅的程度。你阿姨难得这么大方，你得给她面子，没准夜里后悔了还得往回要。"

妈翻了爸一眼，瑶瑶已泪流满面，我虚情假意给她擦眼泪。

"叔叔阿姨姐，你们对我太好了……太好了……"瑶瑶泣不成声，

"我都不知道怎么报答……"

"嗨，报答啥？"爸回沙发上坐，"人生在世，害人之心不可有，能帮忙的时候别看热闹，今天我们帮你，明天你去帮别人，一样的，只要人人都献出一点爱，地球就变成美好的家园了嘛！"

"是啊。"我跟着溜缝儿，"没准儿过两年你发迹了，我们三口都搬你家去住。"

瑶瑶破涕为笑："那我肯定当亲爹亲妈亲姐姐一样伺候你们！"

"得。"我拥着瑶瑶进屋。

"你回来！"妈的咆哮炸在耳边。

我止步，心虚看爸，猜种种可能。

"我又给你联系了一个男的，好不容易约上的，你明天去看看！"

头皮一麻，我委曲求全："妈，上次咱俩白唠啦？我不是说不用你再给我挖门盗洞找对象了吗？我不想见。"

"我告诉你，对象的事，过了这村儿就没那个店儿。说别的没用，你明天去看看。我跟人都约好了，下午 3 点半，丽斯卡尔顿。"

我还想反抗，爸在一旁使眼色，而后装腔作势："你妈的话还敢不听？赶紧领旨谢恩吧！看一眼又不会少块肉。"

我压了怨气点点头："行，你把他电话给我。"

36

一条波西米亚风长裙可以完美包裹我肥硕的肉体，掩饰我多汁的灵魂。

我把孙淼孙磊都叫来，一方面向他们表白我没有相亲的欲望，另方面速战速决后可以马上进入我们的小组讨论阶段。

还有个比较私心的念头，就是想知道孙磊对我相亲这件事态度如何。我期待一幕韩剧里演烂了的狗血剧情：我们相聊甚欢，他过来用力拉起我，说点什么或者不说什么，带我到海角天边，把相亲男独自留在歌声里……

我们很没诚意地迟到了5分钟，装不认识分别两桌坐下。没想到相亲男更没诚意，落座10分钟也不见人影。

又过了5分钟，挥手叫侍应过来买单，他才现身，一边擦汗一边喘，说不好意思走错路了什么的，还故意把BYD车匙往桌上一丢。侍应问他需要什么，他说来杯水就行。侍应退下，我细细端详：妈真是疼我，为了不让我有自卑的感觉，每次找的人都清一色是底盘扎实可以抵御自然灾害那一类的，这个也不例外。

他的出现让我先前的负罪感一扫而光。

我卸下思想包袱自我介绍："你好，我是常欢。"

他咕咚咕咚喝了两口水，相当官方地点点头，说："你好，我就开门见山直说吧，今天我出来纯粹是我妈逼的。"

我轻声复述："你妈逼的？"

他说："对，我这人在国外待了四年，眼光和品位有点儿高，我妈总让我降低标准，但一个见过大海的人又怎么会看上小溪呢？所以我一直宁缺毋滥。相亲这个事我本身挺排斥，不过不是你的问题，是我单方面原因。我妈说跟你家里都订好了，我也不好拒绝。抱歉啊让你白跑一趟，咱们就这么聊聊天吧，我一会儿还有别的事。"

我表示理解，好奇地问："那你心里的大海是什么样啊？"

他脸上洋溢着自信与不屑两掺儿的微笑，抬眼环视四壁，瞥见窗边桌的孙淼，下巴一抬说："要是国产货的话，外观起码是那样的，温柔听话是必须的,最好也有海外留学背景,这样我们才有共同话题。"

无意冒犯地瞥了一眼桌上的车匙,又正视他的脸和肚子,我恭维:"你很自信啊。"

他丝毫没听出弦外音,往沙发上一仰:"自信来自于实力。你见哪个成功人士不自信?"

不等我答,他接着喷:"其实我觉得你也不必没自信,我实话实说你别介意,你长得还行,就是得减减肥。男人的魅力不在脸上,但女人的长相身材决定了她的命运,长得好就容易嫁得好,嫁得好才是成功女人……"

实在听不下去了,我想做个ending就此谢幕,忽见他眼神直直盯我身后,寻神扭头,孙淼从邻桌袅袅走来,笑颜如模特般美好。

孙淼把橙色爱马仕铂金包轻放沙发上,随意将奥迪车匙及迪奥墨镜置于咖啡杯旁,慢俯身,丝般秀发滑过肩头,无可挑剔的修长手指轻触我肩:"我自己来吧!你等我一会儿。"而后向胖子伸出美白女神之手,"抱歉!我是常欢,刚才让我朋友试探你一下,别介意。"

我心领神会,抓起水杯去看台上找孙磊。

胖子明显慌乱了,脸蛋竟有几许绯红,局促起身伸手回握,眼睛扎在孙淼脸上不能自拔,语无伦次:"哈哈……你太顽皮了!……我刚进来就感到你的存在,我觉得这就是缘分……哈哈,我刚才表现合格么?我这个人,很注重眼缘的,不合眼缘,我也不会耽误人家……"

孙淼用力把手抽回来,斯文坐下,斜放两条长腿,梨涡浅笑,莞尔清咳一声。

胖子抬手招来侍应，叫："Menu！ Menu！"

有涵养的侍应把酒水牌举到胖子脸上，胖子狗腿似的双手敬献给尊敬的女神陛下。孙淼推给他："给我来杯水就行了，我也是父命难违出来交差，但觉得躲在幕后吧，万一你回去告状货不对版，我这边不好交代，刚才听说你是来应付的我就放心了，过来打个招呼再走。"

胖子摆摆手："别急别急！"而后对侍应颐指气使，"来壶玫瑰花茶，美容养颜的。再给我来杯咖啡，牙买加蓝山，有吗？没有啊，研磨的曼特宁有没有？纯不纯？别拿速溶的糊弄我。也没有啊？怎么什么都没有？那给我来杯拿铁吧！"

打发走了侍应，胖子对着孙淼把脸笑得皮开肉绽的："如果不是一见钟情，我就很难投入一段感情，其实我一直不相信相亲会相出爱情，但今天遇见你，我就信了。"

孙磊背对舞台翻杂志，听到如此拙劣的台词不怀好意地笑了，和我交换眼神。

孙淼扬腕看看自己的卡地亚限量版蓝气球："你不是还有事儿么？"

胖子擦汗，笑言："什么事比终身大事更重要呢？别看我留过洋，其实我骨子里是个相当传统的中国男人，我会做饭，中餐西餐都做得相当好；我觉得老婆是用来宠的，赚钱是男人的事，女人每天在家相夫教子就好了……"

我小声跟孙磊开玩笑："听，你姐夫入党宣誓呢。"

孙磊把身子俯到桌面恨恨道："白眼狼！"

我马上抱拳示错。

孙淼打断胖子的表态："我骨子里可不是传统女人，三从四德一个都没学会。我也不想给谁当全职主妇，主要是我开销大，一般人养不起。"

胖子一愣，马上又眯起眼："年轻！思想还不成熟。呵呵，没事儿，我宽容，又有耐心，女人婚前婚后想法会变的，等孩子一出来，你就会主动想节省一点，给孩子多一些。这些都是小事，成了家慢慢就懂了。我也有孩子气的时候，咱们可以一起成长……"

孙淼颇不给面儿："我也没想过生孩子。主要是还没遇着让我想生孩子的人。我符合你的择偶标准么？"

"符合，符合！"

"可你不符合我的哎！"孙淼戏谑地笑，"我实话实说别介意，你太胖，长得也一般，又自大。"

胖子收收肚子打起官腔："可能是我在外国待久了受他们的文化影响吧！其实我并不自大，只是自信。当然，我是个很虚心接受意见和建议的人，你不喜欢我可以适当调整，减肥都没问题啊！我觉得，从外貌来看，我略输你几分。但从长远看，无论家境、品行、文化程度还是事业发展，我都是结婚的最佳人选。女人虽光鲜漂亮，随着年龄增长却是走下坡路的，找一个真心愿意为你买单的男人非常重要，你不妨认真考虑考虑。"

孙淼牛皮哄哄拿起车匙戴上墨镜："不用考虑了，从选车品位上看，咱俩不是一路人，听说话就更令人讨厌，中国的传统是讲文明懂礼貌，外国的传统是绅士风度，你把中国的忘了外国的也没学好，还谈什么文化程度？谁要给你机会买单，也是看中了你的暴发户气质，自信这俩字儿搁你身上绝对是贬义词，跟你这种人做普通朋友我都觉得丢脸。我约了朋友谈事儿，就不听你嘚啵了，先走一步。"

胖子又羞又恼起身："哎你……"

孙淼从包里掏出长钱夹，抽出一张毛爷爷甩桌上："我把自己的那部分付了。"说罢回身看我，"走吧！咱换个不装B的地方聊正事儿。"

我和孙磊同时起身尾随，与泄了气的胖子擦肩而过，很是扬眉吐气。

37

二十四节气走到了第十八个。水始冰，地始冻，蝉噤荷残，露气凝霜。

好像还没怎么过呢，月历又只剩下两页了，南方天感受不到太强烈的季节更替，没时间惆惆怅怅，我们都有的忙——

饭店的事被爸扛下了。房子卖得很顺利，卖房的一周里妈都没怎么搭理我，还总有意无意表示要搬出去住，爸问她去哪？她说只要能远离我，住哪都行。当然，我知道她只是说气话。其实卖房那天我心里也不好受，只能默默告诫自己要努力创业，不要辜负爸的心意背上败家盛名。

我和王子公主跑遍了大半个城寻找位置价格都合适的商铺，地段好的铺租都令人咋舌，一个十几平方米的铺位月租就高到30000块。我自语：这么贵，卖什么能把本钱捞回来啊？孙淼沉默片刻平静道：那只能卖淫了。

装修由孙磊亲力亲为，为了省钱他自己做包工头，白天跑建材市场讨价还价，晚上泡装修论坛查别人经验，进行一项找一项的工人，一个月就灰头土脸声音嘶哑知道哪里需要返工，俨然工地老将。我负责办营业执照及各种许可证，孙淼负责招聘员工。每晚碰头交流进度，孙磊都会针对孙淼的新衣服刻薄批评："你又把一桶涂料穿身上了"，"你又把一墙瓷砖贴身上了"，"你又把一个坐便器挂身上了"，"闲钱能不能用到正地方？"

这种态度让我甚是放心，也让我对他的爱慕更加深一层——钱财要花掉，梦想要推行，上帝会证明，除了感情，你其实什么都不需要。

不知不觉中，体重降到125。

38

最近几天睡得很死，不刻意念着减肥，饭也吃得不多。每天睁开眼就为餐厅的事四处奔波，实在没闲心琢磨别的事。

忘了失语多少天，早上出门前妈突然舍得跟我说话了："晚上早点回来吃饭。"

"哦。"我边吃边问，"今儿什么日子啊？"

"瑶瑶过生日，我订了蛋糕，晚上多做俩菜。"妈说。

"我都忘了，一会儿给她买个礼物去。"我想想日程路线，多划出一站商场来。

买了一对珍珠耳环，包好。电话里和孙磊交流完工作，我5点钟就到家了。妈挥舞大勺炒兴正酣。爸悠闲地看着《参考消息》。我问："瑶瑶几点回来？给她打电话了吗？"

妈隔着玻璃门喊："没呢，别打，给她个惊喜。"

"不打电话人家没准儿就和别人过了！"我嘟囔。

平生最讨厌按自己的思维安排别人的事，什么异地突然出现啊、提前一天回家啊、假装使诈审问"那人是谁"啊……带给自己和对方的永远不是惊喜，而是伤害。伤不起的人就不要学人家玩突袭。

我自作主张给瑶瑶打了电话，问："下班了吗？"

瑶瑶犹豫了一下，甜甜道："今天可能要加班盘账，我得晚点儿回去，你们别等我吃饭了。"

我转头冲妈嚷嚷："少做俩菜吧！瑶瑶不回来吃。"

妈端上最后一道菜，手在围裙上擦了擦，相当自信地抓起手机："我给她打！"拎起电话也没说备了好酒好菜，只问几点回，然后有些落寞地哦了几句，放下电话解释："加班。真不是时候，那咱们吃，等她回来再切蛋糕。"说罢把每个菜都拨一些到空盘里，自言自语，"一样给她留点儿，加班也吃不上好东西。"

"她哪吃得了这么多啊？"我超不爽。

7点，瑶瑶未归；8点，瑶瑶未归；9点，妈打了个呵欠，看看挂钟跟我说："这么晚，问问她完事儿了么？用不用去接一下？"我拨通瑶瑶手机，无人接听。

10点，我跟爸妈说："你们困了先睡吧，我等她。"

一个人坐在沙发上看电视，有点儿乏。11点再打过去，她接起来有些气喘："正要给你打回去，刚才手机放包里没听见，我现在准备回去了。"

12点半，依然未归。

我心里压着一团火，站到窗边俯视小区，举着电话犹豫不决。楼下光影一晃，一辆熟悉的车型停在楼下，门开，瑶瑶从老周的座驾上下来，手捧鲜花。

这一幕点燃了我胸腔内所有积炭。

黑暗里，钥匙开门，瑶瑶蹑手蹑脚进屋，走了两步，哎呀一声把灯按开，惊恐地看我："姐你还没睡呐？怎么不开灯啊？"

我冷着脸："你干吗去了？"

瑶瑶涨红了脸："我……姐，今天我过生日，公司同事下了班给我庆祝。回来晚了，对不起！"

"回来晚了会不会打个电话？住旅馆吗想几点回就几点回？"我态度强硬，音量正常，唯恐惊扰了爸妈。

"对不起……"瑶瑶眼泪唰地下来了，把花背到身后动也不敢动，"晚上我正要打电话的时候你们就来电了，我以为我都报告过了，就没再汇报……"

"你知不知道我妈今天做了一桌子菜等你回来？说要给你过生日，订的蛋糕现在还在冰箱里。你替老人想过吗？还说加班！出去玩就说玩的事儿，撒什么谎？"

瑶瑶可怜巴巴一把一把擦眼泪，哽咽着："对不起……对不起……我没说，是怕你们给我准备……我真不知道阿姨已经知道了，我要是知道，肯定早回来了……"

主卧房里有了动静，爸睡眼惺忪站在门边，小声埋怨："这么晚了你俩不睡觉干吗呢？欢欢你明天不用忙吗？快去睡觉。"

我起身怒气未消进洗手间。

瑶瑶在厅里跟爸解释："叔叔，对不起！让你们等我……我真不是有意的，我……"

爸柔声道："没事，都是大人了，我们不会像管欢欢一样约束你，不过担心还是会有的。这么晚了，一个女孩子在外面不安全。下次晚回来跟家里说一声去哪和谁在一起就行。你住在这，我们对你父母也要有个交代。"

从洗手间出来，瑶瑶小心翼翼站在门口等我宽恕，我理都没理直接进屋，还把房门锁上。其实也觉得这股无名火发得有点过，不过一想到她身上的那些事，想到爸妈对她的态度，结合到我对她的善意提醒以及她从老周车上下来的画面……就六度心寒。

是她太单纯还是我太单纯？现在还摸不清。

但我不希望因为自己的一时义气引狼入室，有一天惹得爸妈不开心。

还有一个多月——我心里盘算：此人不可久留，等大力出来我就算仁至义尽了。

这不是争宠，而是防御。

早上打着呵欠出屋，发现瑶瑶还没走，桌上摆着早餐，和妈拉着家常等我开饭。

"今天不上班么？"我随口问。

"哦，可以晚去一会儿。"瑶瑶又恢复了平时的甜美常态，丝毫看不出昨夜有多伤心。

不晓得为什么，我从心里打了个寒战。

"姐你看！阿姨送我的礼物。"瑶瑶满心欢喜穿着一条老气横秋的杂牌裙子，喜滋滋在我面前转了一个圈。

我笑了一下："我妈眼光就这样了，你当家居服穿吧，千万别穿出去。"

瑶瑶马上反驳："哪有！很漂亮啊，我超喜欢的。"随后冲妈鞠了个躬,"谢谢阿姨!昨晚我太不懂事了,希望你们别生气,今晚没事的话咱们出去吃吧?我请客!"

妈摆摆手:"出去吃干吗啊!外面油不好,菜洗不干净,还放味精增香剂,不健康。你们想吃啥我去买,在家里做。"

"是啊,别浪费钱了,再说我回来晚,也不吃饭。"我从卧室拿出包装好的耳环礼袋递给她,"喏,送你的。又大一岁,不是小孩儿了,凡事三思而后行。"

"谢谢姐……"

瑶瑶接过礼袋受宠若惊,还想发表点儿获奖感言,被妈的吆喝打断:"快来吃饭了,吃完了切蛋糕。"

39

私房菜馆设在繁华老城区一处民国时期的洋房群里。三层独幢别墅,分隔出 11 个不同风情单间,最宽敞的三楼可以容十几个人同时就餐,无人包场时也能接待散客,余下的房间都是四人位。起风之夜,屋顶天台特别适合性情中人喝点儿小酒聊点儿什么,若是客人爆棚,天台就随机改为露天餐吧。

每个房间都是我们仨通过深入研讨、查阅大量中外艺术、神话、宗教资料设计落定的,一桌一椅一台一柜悉数从古董家具市场精淘而来,部分成品还按我们的想法进行了二次加工。随着工期迫近,每一处竣工,我们都兴奋得不行。

这样的地方,我当初想都不敢想,但孙淼是一个只干不想的人。找房东磨了十几次,最后谈下租金每月 6 万,相当于把价儿砍到了脚脖子上。房东一点头我马上把合同举他脸上，生怕慢一秒他会反悔。结果孙淼更狠，她说："哥，我们年轻人第一次创业，把家当都端出来了，这房子至少装修三个月，您看能不能给我们三个月的免租期……"

50多岁的华侨男顿时失语："妹妹，这个价还不够照顾你们啊？你要不再去附近转一圈吧！这个价让我老婆知道了都可能过来找麻烦。我也是看你们有诚意才这么放水。"

我心理素质差，差点儿没哭了，拉拉孙淼。

孙淼却面不改色继续央求："哎呀，也不是什么事儿都得让老婆知道啊！"

华侨男吸烟没接茬儿，眼神异样看着她。

孙淼从包包里拽出一沓邮寄单，放桌上，说："哥，我知道像您这种人不会靠一套房子过日子，你们赚了钱也会做慈善。其实我跟你一样有心，只是力不足，我们赚小钱就只能捐小钱，这些年小钱小物都没少捐，供好几个山区儿童念完初中了。今天您对我们放水，其实跟做善事是一样的，我们是一路人，都想用一己之力改变大环境，但如果我们创业失败了，非但不能帮助更多的人，还有可能给别人添麻烦。您看，能不能再让一步？如果饭店做起来，明年我主动给您加租！"

华侨男盯着孙淼足有1分钟，把烟拧在易拉罐上，义气地拿起笔："行！今天我就当交朋友了。"说罢免了三个月的房租。

那一刻我才发现，与孙淼的差距远不止年龄体重和脸蛋这么流于表象。就算再多拿一个硕士证，在她面前我仍属弱智群体。

我对孙淼的崇拜由口及心，每一条毛细血管里的细胞都向她俯首顶礼。

粗略算算，从租金到装修，亲力亲为至少省下 30 多万。大家都相当有成就感。

至于菜馆名——

"就叫常欢吧！"孙磊很认真地说，"这名儿喜庆，招财。"

我当即美得灵魂脱窍尸骨无存。

孙淼也点点头："门口挂两排大红灯笼，啥时候一到饭市，人家都说走哇上常欢去！咱就牛B大了。"

——这话听起来怎么那么像骂人呢？

创业首见曙光，南方暖冬已至，大力的释放日近在眼前。我一日比一日轻松，预感好时光马上会接踵而来。而历史往往告诉我们：事情的发展变化永远不随人的意志为转移。

40

爸妈出去旅游了，一连几天都是瑶瑶做饭。大力出狱那一天，瑶瑶没回家，因为之前有过交代，我也没当回事。第 2 天天刚亮，我在睡梦中听见门外有女人的哭声，一身冷汗惊醒。起初不敢动，后来仔细听，感觉声音像瑶瑶，就慢慢下床，忐忑地寻找声源——瑶瑶披头散发坐在沙发上，脸哭得像块拧不净的抹布。

"怎么了？"我一惊。

"姐……"瑶瑶扑上来抱住我泣不成声，胳膊上好几处淤青。

"别哭你快说怎么了？谁欺侮你了？大力没跟你在一起吗？"我帮她擦擦眼泪，抓过纸巾盒递给她。

瑶瑶断断续续讲：大力在狱中受了不少苦，吃的是馊饭烂菜，狱友也不好相处，他的脾气比以前更差了。昨天她订了双人自助餐，又在四星酒店开了房庆祝他出狱。告诉他家门失窃的事时，他就不太痛快。晚上瑶瑶身体有点不舒服，不想和他在一起，他就开始烦躁,怀疑瑶瑶是不是这段时间背着他在外面偷人。好不容易解释通了，大力又毫无浪漫可言地突然求婚，而且打算天亮就去领证！被瑶瑶当场拒绝。然后，大力就动手了，还不顾她的感受强行推倒。

一时间，脑子里有千万架歼灭机同时起航。

——这是我最不想听到的剧情发展。

"他人呢？"我问。

"还在酒店，我趁他睡熟了偷着跑出来的。但是……"瑶瑶身体在颤抖，"他知道我在哪上班，我怕他白天去学校找我。"

"这个疯子！"我暗骂。

"姐……"瑶瑶哭得很绝望，"你知道吗？这段时间，我过上了以前从来不敢想的生活，叔叔阿姨对我比我亲爸亲妈都好，工作体面薪水也高，身边每个人都有教养，还有优质男人对我示好，让我感觉自己已经进入了上层社会。我真的不想再跟他过提心吊胆的日子了！我不想失去我现在拥有的一切！我讨厌他满口脏话行为粗鲁，我甚至非常非常讨厌和他有情侣关系！我真的让他给毁了！可我不想让他把我的未来也毁了！"

我渐渐恢复冷静，看着面前这个已经蜕变了的女孩。没错，她说的我都承认，包括大力的粗鲁，但可以那么快把自己和过往撇清关系，不讲情面地否定一切，这样的人，是不是也有点儿可怕呢？

"你去洗洗脸，先上班吧。"我说。

瑶瑶愣住：" 姐你有什么办法么？"

"还没。不过你也不能不上班吧？而且我觉得，他如果真想和你继续，就不会把事情做得很绝。另外，你最好主动给他打电话或者发条短信，先把他稳住，不要激怒他，再慢慢想办法。"

瑶瑶点点头。

"另外，他出来以后家没有了，如果你现在离开他，人家难免会受刺激。失窃这个事不能怪你，但你也要想想怎么把他的损失减到最小。你今天得到的这一切和他脱不了干系，赎身也好、还情也罢，这个难关是你们两个人的，不只是他自己的。你帮他过了难关，让他觉得不好意思再拖累你，这样最好，不然他必然会成为你最大的包袱。"

瑶瑶沉默，又有些激动："我开始也是这么想的。但是姐，昨晚他对我做的一切让我没办法原谅他！他打我！还用那么强暴的方式对我！我觉得我以前欠他所有的，在昨天晚上都已经还清了！"

"大力是什么人你心里比我更清楚。"我表现得像个冷血记者，"我觉得他吃软不吃硬，而且冲动，冲动的时候什么都敢干。如果你一定要把他当成正常人对待，那日后发生什么我都管不了了，你要是觉得我刚才说的有道理，那我们走一步看一步，希望能感化他自己放弃。"

瑶瑶吸吸鼻子，深深叹了一口气。

"除非你能找到一个更强硬的靠山，像上次关监狱那样把他关起来。但只要他还活着，就不可能不出来，只要出来你就还会面临这样的问题，而且会让他更恨你。鱼死网破对谁都不好。种善因得善果，种恶因得恶果，之前因为你的不成熟带来现在的麻烦，现在你的行为一样会影响以后。很多麻烦其实都是自己一念之差造成的，你想清楚再做决定。"

我觉得无论出于什么心，都把话说得很明白了。至于她怎么想怎么做，就不是我能控制的。有点儿烦躁，老实讲，就像她希望快点儿和大力解除关系一样，我也迫切希望快点儿和她解除关系。她确实没干什么对不起我的事，但就是……觉得她会让我变得更衰。

私房菜馆的开业日定在圣诞节。试菜、定菜牌、登广告、派传单、布置、清洁、新人培训、买酬宾礼物……忙到飞起。但和孙淼孙磊在一起，每一分忙乱都是开心的。我感谢老天赐我们能够成为朋友的机会，如果没有他们，我的身材以及生活就像荒岛上一坨风干的野屎一样不足一提。

晚上9点多才回家。

开门，室内灯火通明，大力和瑶瑶从沙发上起身。

大力去厨房端了碗汤出来，打趣："姐你减肥太成功了！漂亮得我都快认不出来了！"

我一时大脑转速不够。

他继续："姐，谢谢你替我照顾瑶瑶这么长时间，今天我是专门过来给你做饭的，买可多好吃的了，你晚上没回来，我俩都给你留了，明早热热再吃吧！"

见我没接碗，大力把碗放在餐桌上，不好意思地挠头："我知道，昨晚我犯浑，今天早上特别后悔，我下午专门给瑶瑶赔礼道歉。你放心，这事儿再也没有下次了！我向你保证！我一定好好待她，比以前更好！"

闻着从他身上飘来的自家沐浴液的味道，强忍着恶心扭头对瑶瑶说："你进来一下，我有话跟你说。"

书房，关了门，我咬着牙一字一顿："他怎么在这儿？"

瑶瑶睁着无辜的大眼睛："哦，他下午哭着跟我承认错误，然后我们就聊了这几个月我在你家寄宿的生活，他特别感激你和叔叔阿姨，说一定报答你们，但现在无以为报，就决定过来跟我一起给你做顿饭……"

我肺都快气炸了，咬紧牙根再问："今晚他打算在这住吗？"

"嗯。"瑶瑶有点儿不好意思，"我今天陪他找房子，但没有合适的，广交会刚结束，酒店价格还没降下来，空房最便宜的也要400多。这个钱还不如省着买点儿好吃的呢。我给阿姨叔叔打电话了，他们说可以借宿两晚，给你打，你没接，后来一做饭我就忘了。明天我继续陪他找房子……对不起啊姐，又给你添麻烦了。"

"不行！"我态度坚决，"你俩今晚都出去住，酒店的钱我可以替你们付。"

瑶瑶僵住。

我盯着她，不容置疑。

瑶瑶脸腾地一下红到耳根，失落地垂下眼皮："哦，知道了，对不起啊姐！你别生气，我这就带他出去。"

两人在客厅里小声说了几句，窸窸窣窣收拾东西。

门响过后很久我才出屋。端起汤，想想，放下，抓起一个玻璃杯啪地摔在门上，不解气，又抓起一个更用力地摔过去，碎玻璃溅得四处都是，有一块飞回来，在胳膊上留下一道红痕，红痕马上渗出更多的红色液体。

心跳超速，太阳穴绷得很紧，胸腔能清晰感受内脏爆裂的疼。

我就那么站在客厅里好久好久，直到细细的血线沿着手臂流到指尖，才想起来抬胳膊，去洗手间用水冲干净，翻出医药箱找双氧水、棉纱和绷带。然后拿起扫帚一点点儿清理。

扫到一半的时候门外响起开锁声，瑶瑶回来了，看见地上的碎玻璃马上过来抢扫帚，被我一把推开。刚才被抑制的怒火霎时回炉。不等她开口，我啪地把扫帚摔地上，指着她鼻子骂："你TM是不是把这儿当自己家了！平时给你太多好脸了吧？"

瑶瑶当场石化。

"我现在跟你说的话，你听清楚，记住了，你的叔叔阿姨是我爸我妈，这里是我家，你在我家只是暂住，不是居民，别拿自己不当外人！当时收留你是因为觉得你可怜，你有什么资格领个烂人回来？他是什么东西你心里没数吗？你自己不长眼睛惹一身腥还想让我们为你的眼浊买单吗？你们现在这种情况还敢领来我家，有一天他因为你犯了病杀我全家你一句对不起就能算了吗！"

瑶瑶咬紧嘴唇泪如雨下，一句话都说不出。

"张春瑶我忍你很久了，我讨厌在家里看见你！讨厌你隔着锅沿上炕跟我爸妈发嗲说话！讨厌你装懂事装乖巧一有麻烦就往我们身上靠！现在大力已经出狱了，你最好跟他一起搬出去，你们的事情自己解决，别把定时炸弹放我家。看你跟老周关系也不错，从他那预支几个月工资应该不是难事。我顶多再让你住三天，三天以后住哪你自己想办法。还有，别觉得自己多委屈，我从来都不欠你的！今天这个局面完全是你自己造成的，别怪我不留情面。"

瑶瑶咚地跪下了，哭着说："欢姐我错了！我知道错了！你别赶我走好不好？我真的很喜欢你，喜欢叔叔阿姨，我心里没数，把这儿当自己家了，现在我知道错了，以后再也不敢了……我什么都能改，我一定改，以后我在家里只干活不说话。大力的事我自己解决，我会好好解决一定不给你们添麻烦，而且我不会再收阿姨给的红包了，我不会永远赖着不走，我存够了钱一定会走……你们是我遇到的最好的人，也是我唯一可以亲近的人，我以前不识抬举，对不起！真的对不起！可不可以原谅我一回……"

这一跪触痛了我心里最脆弱的神经，让我由被侵犯的受害者倏地变成没人性的施暴者。不想马上软下来承认自己禽兽附体，只好底气不足地后退一步，转身进屋。

客厅里，瑶瑶继续捂着嘴哭，然后门外响起哗啦哗啦扫玻璃声。我痛骂自己做得太过分，重对瑶瑶产生了怜悯。靠在门上正忏悔，门被轻敲几下，吓了我一跳。

"欢姐，我走了……你别生气了，注意身体。"瑶瑶在门口弱弱地说。

我忽地把门拉开，把她也吓了一跳。

我刻意避开她的眼睛，态度缓和：："我刚才在气头上，说话不走脑子，你别多想，这么晚别出去了，回房睡吧，搬家的事以后再说。"

瑶瑶依然住在我家。正如她所说：说话少，干活多，妈的钱分文不取，一言一行都看我眼色。

妈总拐弯抹角问我她最近怎么了？我说我也不知道。但心虚得很，可能还掺杂着些许愧疚，感觉自己像后娘家的恶姐姐，欺侮孤独无依的灰姑娘。因此一直没再提搬走这件事，真心想为她做些什么，补偿因我不当言行带给她的伤害。

圣诞前三天，爸从家打来电话，我正和孙磊一起核对开业礼品。爸在电话里语气平缓：："你有一个朋友，叫马力，说你约了他来家找你？"

从天灵盖通往肢体各处的末梢神经嗖地结了冰碴儿。

我佯装镇定："呃……我都忙忘了,你让他接下电话。"

然后我背对孙磊向门口走去,有气无力:"你有什么事?我15分钟后在小区门口等你,你出来说话,不要骚扰我家人。"

听筒对岸,大力无赖兮兮:"没事没事,那我就在家里等了啊!叔叔人特别好,还给我泡茶呢,我们爷俩先唠一会儿,你慢慢回来就行。不急!"

电话被挂掉,手一抖,手机掉到地上,犹豫了一下,正要弯腰,从背后走来的孙磊先行蹲下帮我拾起,关切地问:"怎么了?"

泪水在眼眶里打转,我张张嘴,感觉一开腔就要哭,于是把嘴闭上,嘴唇都在抖。

孙磊轻皱了一下眉,拍拍我的肩膀走到楼梯口喊:"孙淼,把你车钥匙给我,我和常欢出去办点儿事就回来。"

塞进纸巾包里的车匙从楼上扔下来。

孙磊搭着我肩膀,拥我向门口走去:"走吧,路上说。"

车飞快向家飘去,我尽量用词简洁叙述瑶瑶和大力的事,孙磊没发表任何意见。

路上给瑶瑶打了电话,让她马上回家把神请走。瑶瑶始料未及,重复了很多遍无意义的对不起。

楼下会合,三人一起上楼,开门的是爸,那表情告诉我——他们的聊天一点儿都不愉快。

"人呢?"我问。

爸扬手指指书房,然后有些诧异地端详孙磊。我没做介绍就直奔书房。开门,大力正恬不知耻地把玩书架上爸收藏的古董茶壶。

"你干吗呢!"瑶瑶冲上去从大力手中抽出茶壶放回原处。

大力笑眯眯地看着我们："哟，都回来啦？常姐，你家宝物可真多呀，随便卖一件就值不少钱吧？"

"快走吧，咱们出去说话。"瑶瑶推着大力。

大力一反常态拨开瑶瑶原地不动，略带敌意地看着我："这儿说话挺方便的，外面多冷啊，再说今天主要是我跟常姐聊天，没你什么事。"

爸走过来看着我，冷静地问："你们到底有什么事？"

41

为什么这么干？是不是一定要这么干？

这个问题，唐僧想过，甘地想过，马克思想过，列宁想过，切·格瓦拉想过，卡扎菲想过，哈姆雷特想过，保尔·柯察金想过，乔布斯想过，比尔·盖茨想过，陈冠希八成也想过。

大力怎么想的我不清楚，但可以肯定的是，他的所想所做永远有别常态。

每个人心里都有公平秤，时时提醒自己哪些事做得对、哪些事不该做。在大力心里，自己合适才是公平，上街捡不着东西就算丢。

四个人都拿他当主角。大力直视我发狠地说："我就是想知道，我不在的这段时间你都给瑶瑶灌什么药了？怎么挑拨我们关系的？把我们拆散了对你有什么好处啊？她以前不这样，为什么跟你住以后变得这么势利！"

瑶瑶脸都绿了，急赤白脸带颤音："你胡说八道什么？咱俩的事跟欢姐一点儿关系都没有！是我自己醒悟了，你成天惹祸找麻烦，我就成天担惊受怕，我不想再过这样的日子了！"

孙磊上前抓起大力的手腕："走，兄弟，咱们出去说。"

大力用力甩了一下，没甩开，好像感觉有点儿疼，瞪着孙磊。孙磊面无表情地俯视他，他扭头用另一只手一下从书架上抓起个青花盖碗，叫嚣："你动我下试试？松手！"

孙磊看看盖碗有些犹豫，爸严肃地擎着手机盯着大力："既然你不是我女儿的朋友，那就找警察来解决吧！我家离派出所就几步路，你现在属于私闯民宅，可以处十日以上治安拘留，你手里拿的碗值7000块钱，有证书，打烂了就要按价赔偿，赔偿不了就增加拘留日。小伙子你这么年轻，有很多好事等着你，别总找机会把自己往牢里送。"

大力又羞又恼，但还是恢复了痞子笑，把碗往架上一放，歪脖子冲孙磊道："松手吧我跟你出去，但我告诉你，你敢跟我动手我也敢把你送进牢里！"

走到门口，大力故意回头环视一圈，自言自语："哎呀，这也算认门儿了，不知道信息能卖多少钱。"

如果法律允许，真想站在我这个角度握一把双立人的剔骨刀对准他后脖梗一刀扎下去。

我意淫完凶杀现场恶狠狠剜了瑶瑶一眼。

瑶瑶一直低头默哀。

"兄弟，我跟你无冤无仇，说话对事不对人。"小区凉亭里，孙磊企图说服大力，"感情这个事，强求不得，有就有，没了就没了。你对她再好，那只是你的事，她变得再坏，那也是她的事，你们没有婚姻关系，只是谈恋爱，大家都有权提分手。而且就算结婚了，人家也有离婚的权利。她心已经不在你身上了，她怕你，那你把她强搂在身边有什么意义呢？就算找个铁链把她拴起来，人家会乖乖听话吗？而且那样你自己开心吗？"

"少跟我讲大道理。"大力不耐烦地一摆手，"瑶瑶这人我太了解了，她特别容易受人摆布，跟什么人学什么样。就是有人瞧我不顺眼趁火打劫。"

"你别扯没用的。"孙磊打断，"照你的理论，一个人那么容易受摆布，那你出来以后，随便摆布一下她就会听你的话跟你走啊！她为什么坚决跟你分手你没从自己身上找原因吗？如果你只能给她带来麻烦、穷和痛苦，人家凭什么跟你提心吊胆过苦日子？不要动不动就用拳头说话，现在已经不吃黑社会这套了。你有能力就去找份正经工作，赚钱糊口，作为一个男人连自己都养不活有什么资格要求女人对你不离不弃？"

"我有家！让她给弄没了！"大力气愤。

"那是意外。我们谁都控制不了意外。换个角度，如果你出来，发现她不是现在这种状况，她残疾了，或者被毁容了，躺床上需要人照顾还要一大笔医药费，你就能保证你不跑，保证对她不离不弃吗？"

大力声势弱下去，还在强辩："我不管。我走的时候什么都有，而且我是为她才坐牢的，回来什么都没有了，我必须要得到补偿。如果她跟我好好过日子，之前的事既往不咎，她洗干净了想把我一个人往火坑里推，没门儿！"

"那你想怎么补偿？"孙磊问。

"这个要看她能怎么补偿。"大力又耍出无赖本色，"反正，我走的时候，有地方住，有钱赚，有女人睡。现在什么都没了，还白蹲了几个月把良民纪录都刷没了。能把我前面几项都补回来，坐牢的事儿就算我倒霉。我这人说到做到绝不食言，如果一直让我这么亏着，那我也很难控制自己，有机会就会琢磨琢磨怎么报复回来。我不好，你们谁都别想好。"

"用钱解决呗？"孙磊试探。

"也行，但价钱得公道。"

"你觉得多少钱合适？"

"我这几个月吃的用的在瑶瑶身上也没少贴钱，算上利息，怎么也得十几万吧！还得加上我平白无故蹲大牢误工，看在我念旧情的分上，给你们打个折，20万，给我20万从此大家互不相欠，不给，我自己想办法。"大力又把欠揍的眼神转到我脸上。

疯了吗？我在心里愤怒了：20万？你也配？！

"不可能！"孙磊当即回绝，"你吃的用的花她身上，人家姑娘身子还让你睡了呢，这姿色按次还是包月都便宜不了。我给你出个公道价，一万，但现在给不了，按她每月能承受的上限分几次给你，你放心，她肯定比你更想和你撇清关系，所以不会赖账。"

"开什么玩笑！"大力刚要发飙，被孙磊再次压下去，"别忘了你也有把柄在我们手上，办假证、替考，还牵扯到不少人吧？我也不知道这个消息值多少钱。你记住，常欢家里有什么损失，我不会让你好过。而且我们比你认识的人更多更广，你敢拼命，我们就敢花钱买人拼命。我要是你，见好就收。"

大力奸笑一下手指瑶瑶："吓唬我？替考？她也脱不了干系。"

"无所谓。"孙磊漫不经心，"你俩都是我今天第一次见着，在法庭上你们怎么咬是你们的事，但是……"孙磊看了我一眼，一字一顿，"你跟我朋友过不去，我就让你活不起。我跟你一样，最不怕的就是威胁，不信你可以试一下。"

完了完了完了完了……我的心就那么毫无预兆地被他攥在手里，温水吞下。本来还挣扎着背诵那些关于公私分明的鬼道理，此话一出，什么狗屁理论全被我抛在九霄云外。

我只想一直在他身边，有多久算多久。

42

私房菜馆如期开门接客。

孙淼按选美标准招来的高像素服务员一时间吸引了不少男主顾，又一时间接二连三被主顾们拐走了。姑娘们辞职爽快不黏腻，连薪水都不在乎。只苦了孙淼要不停招新，然后不停被拐，再招再拐。月底结账，我们觉得能保持这种良性纪录也不错，省下工资总额的50%都作为孙淼的业务提成发放，鼓励她继续发掘培养更多更好的免费劳动力。

孙小姐本人就绝不是伺候局的主，有次忙不开让她去给客人端饺子，客人问是什么馅儿的？她捏起一个扔嘴里嚼了嚼，认真回答三鲜的，五个吃货当场就风干了。我和孙磊即时把她揪出来一顿道歉，好在客人没发火，我心想这也是看在美女的分上，干这事儿的要是一年前的我，非让人把脸多打出10斤肉不可。

体重在118—115间晃荡有半个多月了。吃饭前，115；吃饭后，118；喝瓶水，118；跑趟厕所，115。与此同时，我越来越感受到自己的魅力：走过工地，开始有民工兄弟冲我吹口哨；回到小区，会有新来的保安弟弟主动和我打招呼；有个送外卖的小伙子和我一起进电梯，到了我家楼层才发现自己忘了按键……沾沾自喜和公主分享，孙淼觉得这不叫吸引，叫吸尘。我遂向她发出挑战，比赛谁能在半小时内叫来三个异性，一句话让丫回去对方还不生气。最后我赢了，孙淼心服口服——你要相信，速度最快又容易打发的男人永远都隐身在肯德基、麦当劳和联邦快递里。

破天荒开门做生意，很多事考虑不周，很多事过犹不及。

试业第3天，消防官兵上门服务，穿武警制服，开吉普车，进来指指点点还拍了照片，撕给我们一张检查单，列出几项不合格：消防通道封闭、灭火器数量不足、厨房改造过需要恢复原样。要我们签字并去消防队接受处理。

通道好解决。灭火器是按要求配的。厨房改造是早就上报过的，而且按照当时的批示严格执行，现在说恢复就恢复是不是有点儿玩人啊？我刚嘟囔了一句，俩人就瞪眼说要封查整改。孙磊马上把我拉到身后，说老板没在，我们是经理领班做不了主，有没有书面整改通知书发给我们？等老板下午回来亲自过去接受处理。俩人语气缓下来说其实问题也不大，就看我们识不识相，可以少交点儿罚款他们回去跟领导通融一下，知道大家开张不容易，实打实地挨罚他们也替我们肉紧。孙磊感激不尽拍俩兵哥哥肩膀，说："兄弟让你们费心了！老板回来我一定亲自汇报，让他直接和你们联系。"并记下名字留了电话号码。

人一走，我正欲发表愤青感言，孙磊把手指竖嘴唇嘘了一下，随后查114拨打消防队举报电话，客观陈述了事实并强调我们有监控录像和录音提供，询问贵单位是否有这样的二次抽查？是否真的可以找领导通融？电话对面的同志马上气愤地告诉我们从来没有派过任何人过来，肯定是骗子在使诈，并索取二人预留号码说要一查到底。

这招太狠了！甭管是真是假，这二人从此再未出现在我们的眼里心里歌声里。

消防唱完，城管又来了——分两拨，一拨一拨来。

先来的一拨拿着我们的coupon（优惠券），说根据城市环境管理办法规定，我们这算发放违规小广告，破坏市容市貌，要罚款。好说歹说，罚了300。紧接着第二拨就来了：占地费，2000；垃圾清运处理费，一年8000；广告招牌悬挂费，一年3600。城管们手持文件有理有据，孙磊又是端茶又是递烟，从学校到社会聊得不亦乐乎，三根烟工夫，刚出校门的小城管就掏心窝子往外倒话，一口一个哥。城管说："哥，其实我们也不想干这个，但就业太难了……哥，其实我羡慕你有自己的买卖，赚多赚少不用看领导脸色……哥，我跟你交个实底吧，招牌费一分都不能少，占地费也算了，但垃圾清理你得出点，3000得了！这样我们回去也好交差。"

孙磊当即唤我拿钱，无比敞亮："兄弟，有空过来吃饭。你们带朋友来，我打七折，自己家来吃饭我请客！"

小城管们很高兴，也实在："你家吃饭太贵。打七折都比别家贵。"

孙磊笑："我们原料贵。在这儿吃饭你放心，没有地沟油增香剂。现在去市场买菜都什么价了？我们还有房租水电人工……太便宜的饭菜你们敢吃啊？"

城管们点头称是。

这一点儿真没忽悠。开业前一直有人过来推销桶装凝固油，分53号和56号，我不懂，问什么意思？孙磊告诉我这就是标准地沟油，在53度高温和56度高温下方能融化。价格确实便宜到底儿掉，可想想我们都是有宗教信仰的人，这种事活着真干不出来，只能老老实实咬牙去超市进购品牌食用油，还专挑非转基因的那种。所以在某种意义上说，我们菜价虽高，也不算暴利。

城管走后，交警登场。饭市时间骑着小摩托在门口啪啪啪啪贴了一排条，咔咔咔咔照了一堆相，然后突突突突就走了。几个客人出了门激头酸脸拎着违章单回来问孙磊怎么回事？孙磊卖笑把罚单收齐说饭店帮忙交。

——这是我们的失误，租房时没考虑到车位问题，附近没有车场，停到最近的地方也要过人行天桥回来，别墅门口只能停两辆车，剩下的全算违章。我一个头两个大，虽说停在路边不会影响后面车行，但交警说不可以，就是真的不可以。

孙磊专程请辖区内的交警大爷们过来吃饭，呈上最高标准宴席，自备茅台中华递烟敬酒摧眉折腰……效果还是有的，大爷们果真很少巡逻了，偶尔经过也是进来吃饭。其实他们一样有苦衷：上级派下每月必须完成的罚款任务，完成不了影响收入。有时候，真心觉得大家都不容易。

把青天大老爷们伺候明白了，地痞流氓就好对付许多。农历年迫近，车匪路霸江洋大盗们集中力量办年货。因为和管片民警维持了高度合作关系，门口常有警车经停，菜馆并没遇到过不开眼的混混。

孙磊每天不管多晚都送我回家，只是……依然残存着该死的距离感。

我会发着呆，然后微微笑，接着紧紧闭上眼。有些事讲太明就没意思了。小不忍则乱大谋。

我等。

43

催婚是年夜饭永恒的主题。

按公历算，新一年已经撕掉了一页。按农历，还有12个小时才走进新时代。我喜欢过农历，这样可以晚俩月迈入31岁……尽管脸已经提前迈了。

最近也有考虑要不要改个身份证，改小个三五岁。不过爸说：你可以污辱别人的视力，但不能污辱别人的智商。

把所有知我底细的人都斩尽杀绝是件很麻烦的事。所以算了。

一年之计在于春。在这个各项生理机能开始走向衰老的春天里，我立誓要以实际行动延年益寿，争分夺秒在满地找牙之前把孙磊给办了。

年后第一件特大喜讯：瑶瑶主动提出搬走。我没问她搬去哪里，生怕她会改主意。只欢心雀跃地说："我帮你找车运行李。"

她羞涩一笑："不用，孙磊哥说这两天他过来帮我搬。对了欢姐，我还没告诉你，我搬去孙磊哥家跟他合租。你不会不高兴吧？"

霎时，整个世界清静了。

"他怎么知道你要搬家的事？"我问。

"大力的事处理完了以后，我要请孙磊哥吃饭，他总不去，前天我从老家回来，带的土特产也给他准备了一份。"瑶瑶不好意思道，"昨天就去他家了。他家太乱，我帮他打扫了一下，然后聊天的时候说了给你和叔叔阿姨添麻烦的事。他问我找到房子没？我说还没，便宜的太远我一个人不敢住,不远的就贵,如果能找个合租的就好了。我跟孙磊哥开玩笑说要不他租一间房给我,没想到他想了想真答应了!不用租金,让我帮他收拾屋就行了。"瑶瑶说得心安理得,"他说我一个女孩跟陌生人合租让你知道了也不放心,住他那儿大家有个照应,而且他也不用做家务了。"

心里有团火在烧,烧得我外焦里嫩嗞嗞冒油,完全接不上话。

我怀疑她是不是在克格勃出生在摩萨德受训?为什么身边一切资源都利用得井井有条还让别人觉得顺理成章?

清理门户这个理念是真实存在的,但我想破头也想不到她会搬去我的情郎家!

人们总说:TA也没办法,是命运造就了TA,是生存环境逼迫了TA,是生活先对不起TA。但从不想想——成住坏空一切唯心造。自己是什么样的,世界就是什么样的。

我心如刀绞,面无表情。不愿承认那其实是嫉妒。

瑶瑶睁大无辜的双眼:"欢姐,你生气了吗?你是不是不希望我去打扰孙磊哥?"

我强挤出一脸淡定:"他没跟我提过,这是你们之间的事,不用介意我的态度。"

转身离开。

真单纯还是假天真?似乎越来越明显。

原则?多少钱一斤?

没底线的人总是能比要脸的人争取到更多利益。

别慌,别慌……我默默告诫自己:心无邪念,自能降魔。

44

傻与不傻，在于你会不会装。

瑶瑶走后，我把自己关在房间里，从床底拖出小时候学过两个月既而尘封了20多年的小提琴，站在窗边，拉得像坨屎一样。

一曲《梁祝》都没在调上，高潮未至，琴弦崩了……真是老天有眼。

孙磊打电话问我为啥没回饭店？我静候几秒把电话挂了，然后关机。

把断弦琴装进箱子推回床底，换衣服出门。

一个人逛街。一个人喝茶。一个人看电影。一个人买衣服。

店员不停恭维："小姐这条裙子就像给您量身定制的一样！您腿长，身材又好，一般人都穿不出这个效果。"我觉得还行，看看标签，接近2000，私心想着有点儿贵，手已经把卡递去刷，然后就这么穿着走了……再去发廊把经典邻家姨妈款风尘大卷拉直锔黑，剪了近10年来想都不敢想的齐刘海儿，感觉还行。

待到满世界的太阳都开始落山的时候，我慢悠悠晃回饭店。

孙磊跑堂跑到飞起，瞥见我先是喊了声"欢迎光临！"旋即愣在当场，手里还端着盆毛血旺。

我没搭理他，兀自走去款台看账。

不一会儿，他凑过来，试探着问："今儿什么日子啊？你过生日？"

我头不抬眼不睁核账，把计算器敲得啪啪响。

他更近一步，扬起鼻孔使劲闻闻："哟，还喷杀虫剂了？剂量不小哇！"

我抬脸，面无表情："那你怎么没死呢？"

他一怔，自觉没趣，静悄悄退了。

我心更凉——同居的机会没有，居然连吵架的机会都不给一个。

又过了好几会儿，孙磊从厨房端来一碗细面，面上还卧着一个荷包蛋，脸上挂笑，双手奉上，说："看你，过生日也不提前吱声，也怪我，忙忘了，先对付吃口吧！等客人走了再组织大家给你唱《生日快乐歌》……"

真是要被气死了。

我腾地站起来和他对视，他满眼无辜。我说："我哪天过生日你不知道吗？不知道不会看身份证号码吗？没看过身份证不会查股东协议吗？你才今天过生日呢！你姐也今天过生日！你们全家都今天过生日！"

孙磊一脸茫然，看看最近的几个包厢门，压低声："吃枪药了你？我不逗你玩儿呢吗，开不起玩笑啊你！一天没回饭店手机关机穿得花枝招展还顶个假发……谁知道你干吗去了？我还没冲你发火呢！"

"你凭什么冲我发火？我干吗去要你管？你什么事都告诉我了吗？咱俩什么关系？法律上是房东与租客的关系、老板与员工的关系！管好你自己得了！"

话一脱口，我俩都沉默了，孙磊眼中明显带伤，我有些后悔，却不愿马上软下来，只能逞强对视。服务员假扮空气端菜飘过，孙磊一脸难堪，没脾气地向厨房走去。

我索性一鼓作气："你什么时候帮瑶瑶搬家？"

"搬家？"孙磊恍若隔世，"饭店这么多事哪有工夫管她？这事儿她都跟你说了？怎么说的啊？"

心中有了复仇的快感。我装无辜："她说，你让她搬去你家住。搬家的时候需要我回避吗？要不我看店，你去我家帮她搬？"

"我说你怎么……"孙磊脸色恢复了常态，走回来，"这丫头嘴够快的。昨天我休息她来看我，问能不能合租，我无所谓啊，就说行，而且我也让她先和你商量一下。还没来得及跟你汇报呢，你不是因为这事儿发脾气吧？"

气消了一大半。我依然冷着脸："跟我汇报什么啊？本来也是你俩的私事。"

"你看你看！又来了……你是我房东加老板啊！能不跟你汇报吗。"孙磊恢复了嬉皮笑脸，故意伸手扯扯我的头发，"假发哪买的？挺好看的呢。"

我破气为笑，打掉他的手，呵斥："干活去！"

45

我看穿了瑶瑶的小算盘，却不打算戳穿她。

情敌？她还不是对手。

像孙磊这种掉在腐女堆里女女都想咬一口的唐僧肉，在经历了各种暴发大姐和千金小妹之后，不堕落，不迷失，勤劳致富，谢绝扮演小狼狗……就证明他有着正确的人生观、世界观和价值观。能配上他的姑娘，必须三观端正自尊自爱自强不息，比如说——我。

瑶瑶虽也自强不息，但她有缝儿，孙磊还亲手帮她赶过苍蝇，我猜他不会没忌口。

帮瑶瑶搬家的时候，听说她从英语学校辞职了。主要原因是周绅士改不了吃屎，频频暗示她可以献身。另有个原因：瑶瑶在这半年多时间里积累了自己的人脉和口语，神不知鬼不觉拿下了国际导游证，同时在一家大型连锁旅行社面试通过。从我家搬出去之日，也是她正式交接工作之时。

镀金、洗底、甩男友、换工作、按计划入驻阳光美男的窝……彻头彻尾地重获新生。

可不知为什么，这种新生让我不能由衷地给出祝福。这个挥不去的人就像达摩克利斯之剑，总是高悬在我脑子里，表面上毫无瓜葛，私下里千丝万缕。总觉得自己被迫在她精彩戏幕里扮演了一块垫脚石——还是不可或缺的那一块。

私房菜的生意一天比一天好，包厢要提前两天订位，散台饭市时间不接受预订，来晚的排号等位。照这个速度发展，回本儿指日可待。

经济压力有所缓解，孙磊和瑶瑶的关系却超乎我的预期，变得扑朔迷离。

开始的开始，孙磊经常把瑶瑶出差带回的手信拿来饭店分享；后来的后来，手信越来越少，他自己则频繁换新衣，问他哪有时间逛街？他就笑说瑶瑶买的。

开始的开始，瑶瑶偶尔来饭店帮忙，顺便等孙磊一起回家，孙磊当她空气一般；后来的后来，瑶瑶来的次数少了，孙磊的电话却多了，有时收工送我回家，一路都在接电话，有的没的，不疼不痒，他也从未流露出不耐烦。

我问:"你俩是在拍拖吗?"

他说:"没啊。"

我撇嘴:"没有还这么腻!"

他笑:"你是在吃醋吗?"

我犟:"当然不是!"

他淡然:"不是还这么酸?"

……

心有怨气,无处发泄,几次想豁出去表露心迹,却又赌气咽下。

我的出厂设置里没有告白程序。我不会,也不敢。因为我怕被拒绝,更怕给喜欢的人带来困扰。我的自尊心不允许我亲手把自己变成爱人和敌人的笑话——无论是170斤,还是110斤。

有点儿委屈。我不明白:人人都看得出来的蜕变,唯独他视而不见;瞎子都能感受到的真情,唯独他习以为常。

或者,他根本什么都知道……

想到就心酸。

46

广州又进入了捞汁季节。家里外面,万物皆在长毛。

是一场突如其来的大雨,劈头盖脸砸下来。我在外面等车,开始是手足无措,然后是左顾右盼,当发现即使奔跑也不能弥补水捞的局面,索性放挺,就那么不慌不忙地走起来。算不上难过。

回饭店没见到孙磊,电话打通才想起他今天串休,一时语塞,临时调整话题，问他今天都干吗了？丫回答相当爽快："啥也没干，歇呢。"然后问了问饭店的情况就收线了。隐隐觉得哪不对劲，又说不上来。

晚上捏着遥控翻电视，突然一条楼市新闻深深吸引了我，背景中熟悉的两张脸，有说有笑表情丰富，站在记者身后对着新楼沙盘指指点点，一点儿都不累的样子！我愕然、震惊、饮恨，心中有千万只"草泥马"狂奔而过，三观瞬间被践踏成碎片，顿悟自己就是整个银河系中最为璀璨的二Ｂ！那种受蒙蔽的羞辱感迅速扩散至身体里每一条神经末梢。

真是一对璧人！祝他俩百年好合！

三碗凉水下肚，连夜订机票翻护照——上面仅有一页快过期的韩国签。一直想去的自由行，没料到却是以这样的理由。

和孙磊说"明天就走"。他眼睛瞪得像吐鲁番的葡萄，惊讶问："怎么这么突然？去首尔干吗？"

我笑里藏刀："也不算突然。想去看看新楼盘，看有没有适合跟情人一起度假的户型。"

他愣了一下，怔怔问："情人？谁啊？我见过吗？"

我继续编瞎话："让你见了多没新鲜感呐！你的情人也没主动给我介绍过。"

"我哪有情人啊！"

"咱俩对情人的定义不太一样，你尺度宽，界限不明显。"

他讪笑一下："你别让人骗了。"

我顶回去："放心，我对一起看楼的人挑得很。不像你，天生坏品位，感情没下限。"

孙磊没再跟我呛。每次都这样，不温不火，不解释不澄清，让人看不出情绪，却有本事把我气得火冒七丈。

47

离开祖国并没快乐很久。心情不好，手脚冰冷，饥饿感如影随形。

下午落地，把行李放酒店，挑一家干净小店独自烤肉。没人叮嘱我不可以，掐掐腰肢还OK，忽而决定放纵一回。阔别一年，再次将烤肉放进嘴里，刹那间整颗心都被融化了，灵魂开始苏醒——果然有烤肉的人生才完整啊！三盘烤肉一瓶酒，面善的阿妈妮不无赞许地冲我竖起大拇指，赠送小菜数碟。

肉欲熏心，体重暂且搁置争议。

酒足饭饱，怀揣一腔温暖的肉信步街上。酒劲慢慢上头，孙磊的脸又没完没了在眼前荡漾，胸口有点儿堵，不知道这算不算水土不服。

成均馆大学。一个智取孙磊暗度瑶瑶的缜密计划在脑中呼之欲出。画面进展到月黑风高之夜，我与瑶瑶的剪影站在高岗上两两相望……关键时刻，某种硬物与后脑合奏出闷声一响，继而引发躯体不受控地向前扑去，尽管有双手支撑，整个人还是扎实地扑倒在地，同时倒地的还有个篮球。幸而是塑胶跑道，不然我就成血案女主角了——还是一外交事件。不过以我的社会地位，如果不是赶上双边关系紧张，估计也享受不到外交部发言人为我强烈谴责。

几个韩国人喊着朝鲜话呼啸向我奔来。一个棒子将人扶起，眼神关切"夯密达思密达"地说不停，手自然而然搭在我后脑温柔地揉着……我坐在地上，不健全的心智就这样被感动到了。

讲中文他们应该听不懂，韩国话我不懂，英语不知道行不行……就在我反复斟酌要说点儿什么的时候，棒子搀我起身，扶进几步之遥的一辆香槟色沃尔沃S80里，然后和同伴交代几句就把我拉跑了。

一路精神恍惚，还有点儿困，想不通为什么对身边这个人提不起恨，竟也不紧张他要带我去哪里。丫神色焦虑一直变换疑问句发音，车窗外街景游走，我坐得安详，看见貌似医院的大楼，才恢复神志，弱弱回了句："I'm fine."（我很好）

然后他像发现外星人一样盯紧我的脸，再问："Chinese？Singapore？ Overseas students？"（中国人？新加坡人？留学生吗？）

装B要装全套。留学生是个美好的误会，我选择不予澄清，继续扮演消声外星人。

其实痛感不太严重，但还是默许被白衣天使推进CT舱验脑——反正也是免费的，我就不客气了。出来时棒子仍在，运动衫换成休闲服，略显成熟，据目测起码40+。相视沉默，数十分钟拿到脑影样片，听医生指指点点讲了几句，看表情……貌似无大碍，棒子狠松了口气，转身用浓重的泡菜味儿英语问我一起吃饭O不OK？

欣然同意。

——身为一个大国子民，无辜让人砸一下，连顿烤肉都不吃岂不有失体面？

48

先前一直以为泡菜和拌饭就是棒子们的全部人生。直到坐进

Gramercy Kitchen，我那颗大国心才有所调控。尤其手持餐牌细数每道菜肴后缀的若干个 0 后，这种心情就更加难以名状。我用未受损的残余脑细胞将韩元换算成人民币，单价也很惊人。

抬头观望棒子——善良的我在推测丫有没有把我带错了地方？邪恶的我忐忑丫会不会吃到一半就跑单？或者按资本主义的习惯跟我 AA 制？

棒子从菜牌后撩起眼帘，含笑问："What do you want？"（吃点什么？）

我合上菜牌装出满脸气质："Up to you."（随你）随后下意识把手搭上后脑。

他敏感地流露出 sorry 神色，继而点菜，还叫了一支红酒。合上菜牌起身要来帮我揉头，令我格外惶恐，忙借口进洗手间，久久不敢回归。待到归位时，远远见他将一客牛扒切好，绅士地摆在我空席前，自己则开始优雅地切起另一客。

那景象看起来甚是美妙。真想拍一段视频传给孙磊看，让他知道这个世界上真的有男人对老娘好……

整餐饭吃得沉寂无比。

棒子英文词汇有限，我也不是很想说话，两个人就这么默默吃着，偶尔撞杯，听空气里流淌的歌，看餐厅里出出进进扮相不俗的人，不知不觉便到了甜品时间。

一口提拉米苏含下，好甜，甜得像是为蚂蚁准备的，但是我喜欢。有多久没吃过甜品了？眼泪不自觉溢出。棒子很讶异，我不好意思笑笑，揉揉眼睛，埋头快速大口吃完。然后坐等他买单，一起向门外走去。

4月的首尔微寒，入夜的风一点儿都不温柔，酒喝少了，禁不住打个哆嗦。没等抱膀，身上已多了件烟草味外套，回头，棒子很正经地帮我裹了一下……终于没控制住，刚刚强忍回去的泪水又冲出来，母语脱口而出："为什么对我这么好？"

棒子一定被惊到了，手悬在衣服上，眼神慌乱不知所措。

代驾尴尬站在一旁清咳两声，我才更尴尬，慌忙举起手背在脸上乱抹两下，牵强笑说："dust into eyes."（沙子眯眼了）然后钻进车里。

电台里播放着欢乐打榜歌，我将脸撇向窗外，灯影在车窗上一条条飞走，明暗交错间，玻璃上倒映着棒子的脸，眼波闪烁似在猜我心思。

我回头，他回神，彼此都愣了一下，然后竟异口同声："Have a drink？"（喝一杯）

旋即心照不宣地笑了。

49

我一定是喝多了，才会在酒吧包厢里喋喋不休说了那么多——和一个不知道名字的韩国人，用他听不懂的中国话。

我说："……他为什么不喜欢我？我还要怎么做才会让他喜欢我？……"

我说："……为什么是瑶瑶？她哪里比我好？……"

我说："I was only a piece of ass to him！"（在他眼里我什么都不是！）

棒子只是一直安静地喝酒，安静地看我又哭又笑。不说话也能演足内心戏。

然后，我们干杯。

再然后，我们干杯。

再再然后就喝断片儿了。

渴醒的时候头疼欲裂，睁开眼，天已渐亮，我完整地躺在酒店床上，一丝不挂，旁边还睡着个棒子！靠！这是等不及的真爱还是不知耻的苟合？

拼命回忆前一夜细节，诸多限制级，好像真都是自己干的，且意识清醒。

心脏病快犯了简直。

我慌慌张张滚下床，从地上捡起衣服一件件往身上套，然后拎起包，头不抬眼不睁逃离案发现场。走廊像迷宫一样蜿蜒曲折，要定精安神才能寻到电梯间。大堂里侍应精神抖擞为我开门，感觉那笑容里夹带了太多讽刺——是啊！讽刺！走路被球砸是讽刺，被球砸了不问责是讽刺，跟肇事者吃饭是讽刺，一顿饭就上床更讽刺！

傻B有很多种，我是合集！

只想喝杯免费酒舒缓一下神经，怎可能舒缓到裤子都脱了？我脑子里果然装的都是豆浆啊！大国的脸都被我丢尽了！

沿途樱花甚是美好，我心杂乱无章。

我喜欢自尊自爱型的，他气质有点儿颓，品质也不佳，昨天一定是被砸坏了脑子才有之后的种种——我极力为自己脱罪，发根至发梢的烟草味却一悠一悠策反我的神经。一想到校园、车舱、医院、餐厅、外套、酒吧、套房，竟有点儿走神儿。

因为那种感觉出现过,所以……解释不清。

哪还有什么心思自由行?

三天后,我背了10斤桔梗菜凯旋而归。再见孙磊,火气也灭掉七分。

孙淼嚼着桔梗问我:"才待这么两天你过去干吗?"

我想说:过去打个炮就回来了……可想想,这笑话安自己身上一点儿都不好笑。

有些牙还真得打掉了往肚子里咽。

50

孙淼又恋爱了。

网恋。和一个海购论坛上代购名牌包包的卖家。两个月,已经热恋到视频聊天聊一宿的地步。鉴于她之前的恋爱只有肉体沟通没有精神交流,这次只有精神沟通没有肉体交流……所以,她认定自己找到了真爱。

"什么人啊?"我问。

"上海人,牛津大学毕业,刚回来,准备报效家乡,超有前途对吧?比我小4岁,长得可帅了,还很单纯,说家里管得严没谈过恋爱……哈哈哈让我给淘上了!"——孙淼一副绑了唐僧等吃肉的嘴脸。

"我怎么感觉像骗子啊?哪有这么完美的人?"

"我反正是信了。再说我俩好上以后他把之前买包的钱都退给我了,也没跟我借过钱。"

"你小心点儿吧！我觉得这人不靠谱，有照片没？借我瞻仰一下。"

孙淼在手机上点呀点呀递给我。

一口鼻血差点儿喷出来——那张贱脸要不是岳天歌我就把脑袋揪下来别裤腰上！

我对满面红光的美人冷静道："你让人骗了。"

我说："这几张照片我也有，因为这都是我弟的，他 My Space 空间里还有更多。你看清了吗？确定是和这个人聊天吗？视频的时候你没光膀子吧？"

美人眼中掠过几许惊慌。不过很快，又燃亮光芒："这么说，我在和你弟弟拍拖呀？"

——这脑子得花大价治了。

我语重心长："我确实有个表弟在英国念书，不过他祖上三代都 made in 东北，他念的也不是什么牛B大学，纯自费的，叫什么……牛津布鲁克斯。"话音刚落，一时语塞，猛地想起当年还当真拿他的校名开过玩笑，像华伦天奴·乔丹、华伦天奴·比伯、华伦天奴·萨马兰奇一样一听就是山寨货。

一时间，血压飙到天灵盖。

美人再次举起手机——小天光膀子挤胸肌的视频截图赫然刺眼。

又一口鼻血喷射而出。

"这不是他本人吗？"孙淼求知若渴。

"是。"我脑浆混乱点点头，"他最近用哪个号跟你联系？我帮你验验货。"

孙淼有些迟疑，但还是调出一个我从未存过的号码，直接按了拨出键递给我。

听着彩铃向门外走去，副歌没唱完，小天的贱声清晰传来："嗨，想我了吗？"

我紧咬牙根："嗯，想呢，你在哪呢？"

小天语音变调："……哎？你不是 Sammi？"

"我不是，我是 Happy。"

"……姐？……靠！姐！怎么是你啊？你认识 Sammi？"

"少废话！你在哪呢？"

"在伦敦。"

"再说一遍？"

"……伦敦。"

"再说一遍！"

"真在伦敦！"

"还特么敢撒谎？！"

"在徐家汇。"

"什么时候回来的？为什么不上学？到上海干什么？"

"……说来话长。"

"说！"

"我在学校交往了一个韩国女孩结果被韩国留学生集体围攻好多有背景的再不回国就没命了有个上海同学帮他爸打理家族生意我过来暂时落个脚。"小天一气呵成。

"然后就以网络诈骗为生？"

"什么网络诈骗啊！"

"不是诈骗是什么？上海人、牛津大学、没谈过恋爱……岳天歌你可真有出息！要不是我发现及时，你过两天就该跟人家借钱了吧？"

"靠！姐你是不是我亲姐啊？我是那样的人吗？我那些都是善意的谎言，这次是真爱。"

"你丫的真爱是充话费送的吧！你能数过来自己有多少真爱吗？"

"过几天见面再跟你解释……"

"不用跟我解释，我也管不了你，我把你的近况跟我二姨二姨父汇报一下。"

"姐你想我死啊？！"

"我想你早日修成正果。"

"姐！亲姐！我可真服你了！不开玩笑，这事儿你得给我兜着！"

"我凭啥给你兜着？！"

"我跟你讲啊，你二姨身体不好，她要有什么情绪波动，有个三长两短的你良心会受到谴责的！你二姨父下手狠，我要有什么三长两短的，你也是间接凶手！"

我的烈焰当腰截断，默不作声。

小天咽了口唾沫继续："我现在就看机票，这两天去广州！姐你想吃啥？我记得你最喜欢南翔蟹黄小笼包对吧？我亲手给你拎两笼热乎的！"

"少来！包子到家也凉了。你先自我检讨吧！学校的事你想清楚了怎么办，怎么跟你爸妈交代。另外……"我回头瞅瞅门口眼巴巴站着看我的孙淼，"来了再说吧，再让我看见你光膀子聊天的照片就把截图都给你爸传过去！"

小天连连称是，领旨谢恩了。

我挂断电话向屋里走去。

"说什么了？"孙淼问。

"骂他。"我余气未消，"兔崽子还敢骗财骗色了！"

"骗我？"孙淼眼底难得透着傻气。

"嗯。幸亏我发现及时！籍贯，学历，没谈过恋爱都是骗你的，我见过的他前女友就不止六个！"我不厚道地揭人老底。

"哦，那他说没说对我的感情是不是真的呀？"——春风过驴耳。孙淼的问题一下把我噎住了。

"他骗你你不生气啊？"我避开敏感话题。

"那些都不是重要事有什么好气的？我只关心他对我的感情是不是真的。再说，谁还没点儿过去啊！"

心里碎碎念：论过去你俩还真有一拼，不过你不介意，有人会介意，小天且不说，二姨和二姨父肯定没这么大度，人都可以忍受自己肮脏，容不下别人污浊，而且在情史上，女人永远不能和男人受到平等待遇。作为一个知道了太多秘密的中间人，我既不好隐瞒真相出具虚假人品鉴定书，又不想在俩人出现矛盾后当知心姐姐特警判官……所以最好你们能自行了断，免得我亲自动手。

"刚才光顾着骂他了，没问这事儿。"我敷衍孙淼。

孙淼悻悻然。

"呀，姐你回来了！"门口响起熟悉的贱音。

回身，瑶瑶和孙磊拎着肉菜进门，两个眼勤的小伙儿出来帮忙把菜提去厨房。

瑶瑶热情扑上来："怎么走前不告诉我一声啊？韩国好玩吗？怎么没多待几天呐？"

我虚伪地笑着把她拨开："没意思，就早点儿回来了。"

瑶瑶一步窜回孙磊身边，貌似无意地挽起孙磊的胳膊冲我撒娇："一个人玩肯定没意思呀！我跟哥还商量过两天去跟你会合呢。"

哥？这才几天啊就义结金兰了！

"他过去谁干活儿啊？"我冷眼注视孙磊。

孙磊见我脸色不好把手臂从瑶瑶怀里抽出来，哄小孩儿般训她："挺大姑娘了别跟没骨头似的！站直了好好说话！"

孙淼也看出端倪，搂着我皮笑肉不笑挤对亲弟："你最近品位越来越差了啊！你看你这衣服配的，什么乱七八糟的。"

瑶瑶羞涩道："啊？不会吧姐，这衣服是我给哥挑的，上周我们去 ZARA……"

孙淼一点儿没客气："也不是什么好牌子。还是打折款吧？还有你这假爱马仕皮带，也太假了。皮具城买的？"

瑶瑶刚说了个"不是"被孙磊笑脸打断："别跟我姐犟！这方面她是专家，她说是假的 80% 都真不了，你让人忽悠了。"

瑶瑶红着脸还想说，我心烦搅局："行了行了真的假的的……还做不做生意了？赶紧忙活儿吧少爷小姐们——没钱拿啥买真货呀？"

孙淼噗嗤笑了，洋气地挎起小包拍拍我后背："不耽误你们接客了，我先撤了啊！"

"哎，这饭店没你份儿是吧？一说干活你就走。"我故意揶她。

孙淼在门口袅娜回眸："端茶倒水的活儿不是我的强项啊！瑶瑶帮我多干点儿，工时费让我弟补偿你。"

瑶瑶恢复甜笑："没问题！你走吧姐，路上小心啊！"

——如果不是我对她的误会太深，就是她比我想像中更强大。

孙磊倒是一副高高挂起的德性，不等我们轧完戏就进厨房了。

回来这些天一直神经衰弱。一入夜就患失心疯，躺在床上很困很困却滚来滚去睡不着。那是一种比饥饿还难挨的精神折磨。我无法理解也无处告解——自己竟然会失控地想念首尔一夜。像个偶食毒品的初犯，既担心被人发现，又抗拒不了堕落的快感。觉得自己基因排序绝对有问题，不然怎么会一边渴望得到王子的清纯爱恋，一边和来路不明的棒子鬼混在一起？

　　昏昏沉沉睡去，睡眠质量极差。身体里种下的魔鬼生根发芽，一口口蚕食道德假面。心里喊着不要，脑子却说好吧……梦醒之后，心碎无痕。坐在床边久久不能平静。

　　——假如过段时间还是这种状况，我觉得自己有必要上山请个道长败败火。

51

　　午后如梦游。准备回家补觉。

　　行至门口，一阵眩晕——

　　单眼皮、短碎发、高球恤、休闲裤……我是产生了幻觉吗？这世上怎么会有和棒子长这么像的人？！

　　"欢迎光临！先生几位？我们饭市5点半才开始，您是订位还是坐下喝会儿茶？"迎宾妹子殷勤有礼。

　　来者目光带火，盯在我脸上，表皮当即熊熊燃烧。

　　"你好吗？"三个字说得一嘴泡菜味。棒子似笑非笑神色微妙。

　　我拍拍迷茫的妹子："我来招呼吧！"随后把不速之客引向最近的包房。

关上门，我先发制人："你会讲中文？"

"一点点。"棒子倒不见外，不慌不忙拉出椅子坐下。

真该死！

"你怎么会到这儿来？"

棒子答："找你。"

"怎么知道我在这儿？"

"你告诉我的。"

"怎么可能？我连你叫什么名字都不知道。"

"我告诉过你。你忘了。你告诉我的。你也忘了。你心里只有那个男人。真让人难过。"棒子手捂心脏扮演很难过。

立马我就厌了。我问："我还跟你说过什么？"

"一点点。"

靠！

这种感觉很像被人勒索。

我压压惊，尽量看起来平静，我说："咱俩的事儿已经在你的国家里两清了。你有你的生活，我有我的生活。不管你是什么目的到这来，我都会把你当成一个远方的朋友，出于礼节，我请你吃饭，吃完了从哪来回哪去，好吗？"

棒子摇摇头："听不懂。"而后用手拍拍后脑，问，"你这里还疼吗？"

疼。已经不仅仅是皮外伤那么简单了。真后悔当时没被他用球砸死。

我缴枪："好吧。你说，你找我有什么事？"

棒子笑了："让你知道我在。"

我点点头:"知道了。然后呢?"

棒子正色道:"一直都在。"

"……然后呢?"

棒子耸耸肩:"等你发现我。"

我无语,四大皆空看着棒子,棒子也看回我。

我转身出门,吩咐服务员:"给这位先生上一碗朝鲜冷面。"

棒子没反驳,也没离席,一个人安静坐在包房里。

孙磊过来问:"你不回家补觉了?"

我不语,顺手下了张冷面单。

孙磊看看包房,又问:"韩国人?认识啊?"

心虚摇头:"不熟。"

孙磊接过单子,再问:"一碗冷面占一间包房?还是你请?啥关系啊?"

张张嘴,不知道该怎么说。

如坐针毡的一小时。

食客陆续上座,棒子还没出来。我打发服务员过去问他吃好了没?

新来的丫头曲解我意思,开门进去问:"先生……呃,老板娘让我问您,冷面好吃吗?"

我在外竖起耳朵,默默翻着白眼。

棒子的声音从房间里传出来:"嗯,就还蛮冷的。"

小丫头被逗笑了,随后二人一起从房间里出来。

棒子径直走向我,每迫近一步,心跳都加快七八拍。他停在收银台前,我佯装淡定,假模假样观赏出纳打发票。

他掏出钱夹，从里面抽出100元人民币，放在台上，笑说："很好吃。谢谢！"

然后就走了。

然后就走了？

……

出纳抬头看我，又看看钱，我把钱拿起来，下面还有一张名片，中韩文对照：明星整形美容医院，院长金在亨，地址在广州白云区。翻到背面，一行手写汉字横平竖直——

　　我不是坏人　我叫金在亨

52

人生两大悲剧莫过于：得不到想要的人和得到不想要的人。

我是一个忠于原味的人。

我认定最初的就是最好的，之后出现的都是劫数。

可能棒子是一把同花顺，但因为这牌让我抓得太狗血、太低俗、太不浪漫甚至难以启齿……所以只能捂死在手里。我年纪大了，输不起。就算输得起，也不能输给一个棒子。人格可以分裂，但国格不能丧失。

金先生每天下午5点钟都会准时来私房菜馆吃一碗冷面。不吵不嚷，却令我无比不安。

第4天，我忍不住去和他谈谈。

我问："我们之间是不是存在什么误会？"

金先生说:"听不懂。"

我再问:"你知道自己每天在干什么吗?"

金先生说:"喜欢一个人,等她发现。"

"就用这种方式?你都没问过对方感受,你觉得这样有结果吗?"

金先生反问:"那你呢?"

一下把我问愣了。我张了张嘴,说:"听不懂。"

他笑笑,普通话说得有板有眼:"你也在为一个人付出,希望得到回应不是吗?你也没问过对方的感受,不是吗?你觉得这样有结果吗?"

像一柄利剑直穿心肺。

我说:"你的意思是,我应该去主动告白?"

金先生点点头。

"可我的事跟你有什么关系?"

"你去告白,遭到拒绝,我才有机会。"

"你开玩笑的吧?"

"哪一段像玩笑?你被拒绝?还是我有机会?"

沉默一下,我说:"不管我和他之间结果怎样,我和你之间都不会怎样。谢谢你的关心,我自己的事情自己会处理,别在我身上浪费时间了。"

金先生也沉默一下,说:"听不懂。"

我有点儿急:"你什么都懂,就是装听不懂!你根本不了解我,我也不了解你。我们不可能在一起。现在你的行为已经给我带来困扰了。"

金先生脸色忧郁站起身。

其实心里有点疼，拒绝他的同时，似乎也体会到自己被拒的感受。正咬牙犹豫要不要补句对不起，他慢条斯理："我在广州生活10年，这不是偶然；我们在首尔遇见，应该也不是偶然。不是那样的方式，也会有其它方式。我们需要了解。我41岁，不穷，不丑，身体好，结过婚，现在单身。如果不是认真的，我不会过来找你，也不必每天吃一碗不正宗的冷面。你逃避只是怕我不尊重你，我明白，我不会。你不用担心，我喜欢你，你随时可以爱我。"

我愣了半天，满脑子都是冷面配料。

金先生问："你听懂了吗？"

我叹了口气："广州天热，晚上睡觉一定要开空调，别为了省点电费把脑子都烧坏了。韩剧我也看过不少，男主角都挺好的，但不适合我，我还是喜欢国产货。"

不知道金先生听不听得懂。

53

岳天歌的回归验证了二姨及前二姨父中国式教育体系的失败，亦对其个人前景造成了深远影响。尽管该同学对我的新形象极尽谄媚之辞，仍逃脱不了被我一顿毒打的命运。

打累了，小天帮我做肩颈按摩。

我坐着问："你打算怎么办？"

小天站着答："还没打算呢。"

"那你是想在上海发展？还是回家？"

"我跟同学请辞了，想在广州待段时间，毕竟女朋友在这边嘛。"

我猛站起来,小天腿脚麻利地滚远。

"什么女朋友?你了解她吗?她比你大多少你心里没数啊?"

"年龄不是问题,再说她长得比姐还嫩呢!"

心里乱作一团。

我想起孙淼帮我找钱的事,想起我们一起创业开饭店,想起她是孙磊的姐,想起其实作为朋友,她一直很讲义气……虽然有些话不想说,但看着小天执迷不悟的样子,我还是不道德地出卖了朋友,我说:"你知道她底细吗?你知道她靠什么买房买车买名牌吗?你知道和她交往的男人有多少是有妇之夫、有多少都能做你爷爷了吗?"

小天的五官瞬间凝成扑克牌,轻声问:"你说什么?"

后悔瞬间来袭。做人可真难啊!

小天眼里透着寒光,追问:"你刚才说什么?"

"没什么。"我改口,"就是觉得你俩不适合。她这个人,做朋友是很好的,但女朋友……最好还是相互了解了以后再做决定,别这么冲动陷进去。"

小天咄咄逼人:"我想知道你刚才说的事,如果你不说,我只好亲自问她了。"

轮到我紧张:"你知道我们是合作伙伴又是朋友,你是我弟,说实话……我很为难。"

小天伤神地盯着脚面,手机响了一遍又一遍,一眼瞥去,是孙淼。

正担心小天的情绪会让她察出端倪,电话接起,这货立马换上轻佻嘴脸调起情来,像是不曾发生过什么。放下电话,小天隐晦冲我一笑,说:"走吧姐,带我去见她。"

这孩子的行为方式越来越让人看不懂。

怀揣亏心事带人回饭店。午后3点半，嘉宾不请自来，孙磊在，孙淼在，瑶瑶在，金先生也在——四个人有说有笑包饺子，似乎我不在，大家都很快活。

"呀！天哥！"第一个箭步冲出来的永远是最通人情的瑶瑶。在她身后，孙淼钻石般闪亮的美瞳里瞬间射出两排寒冰弹。

小天难得主动放弃抱姑娘的机会，人模狗样摸了下瑶瑶脑袋，眼睛就直直扎在孙淼的脸上。孙淼才又挂起人类的微笑。

我把二位新人撵去楼上自我介绍，转脸问瑶瑶："你最近都不用上班的？"

却是孙磊替她作答："她明天带团，七天，今儿过来包点儿饺子就算给她钱行了。"语毕马上换上兴师问罪的嘴脸，"你弟来了怎么不提前吱一声？哎，我姐和你弟什么时候搭上的？现在怎么什么事我都是最后一个知道？"

金先生一直在看我，略显尴尬。我心不在焉应付孙磊："说明你心思没在我俩身上。你妹走了要包饺子，我弟回来也得下点儿面条吧？"

一听"面条"，金先生来了精神："要是不介意，我去给你们做几碗正宗的韩式冷面吧！"

"不介意不介意！"孙磊马上拍拍手上面粉，引棒子去厨房，一路请教各种配料和用量。

"你认识他是谁啊？厨房是随便让人进的吗？"——等孙磊回来，我释放无穷负能量。

"不是你朋友吗？"孙磊一脸的无所谓，重擀起饺子皮儿。

孙磊有一手绝活儿，就是双手同时可以擀三个皮儿，又快又圆，他说是念书时在饭店打工偷艺学来的。这手绝活着实迷人，第一次发功就把我迷得七荤八素，可现在却用在瑶瑶身上……此怒未消，彼怒又起。

"欢姐你好厉害啊！去韩国没几天就把这么有型的大叔给搞掂了。"瑶瑶捏着饺子没看出我的情绪变幻。

"什么叫搞掂了？"我怼回去。

"就是自觉自愿看你脸色为你煮面条啊！"又是孙磊替她接话，"我觉得金先生挺好，具备成熟男人的一切特质，问你俩怎么认识的他都笑不吭声，有分寸，有城府！你属于没心眼儿的人，再找个缺心眼儿的以后日子可怎么过啊？"

"那找个有心机的把我算计了怎么办呢？"我反问。

孙磊看看门外小声说："人家开辉腾的，能算计你啥？"

"不是帕萨特吗？"瑶瑶一脸天真。

孙磊瞳孔扩散："妹妹！差两百来万呢，不知道别乱说，让人笑话！"

"两百来万？！那他干吗不买跑车？"

"辉腾比跑车有品位多了。再说就跑车那底盘，搁广州过一个夏天就得变铁达尼号。除了装B没啥实用价值。"孙磊话锋一转，"掌柜的，这个真可以考虑考虑，实力雄厚啊！"

我面无表情："爱马仕，牧马人，我都喜欢，但命里没有，我就不愿意靠感情换购。有感觉，蹬自行车都无所谓；没感觉，骑火箭炮也没用。"

孙磊意味深长看了我一眼："你确实和我刚认识的时候不一样了。"

"是啊，少60斤肉能一样吗。"

"不止。眼光也高了，没觉得吗？一年前恨嫁心切，现在好菜送到嘴边还想再挑挑。你小心，过了这个村就没这个店了。"

我剜他一眼："用不着你操心！你一直都没变，荤素不忌。"

把包好的饺子捡到面板上，孙磊伸手说"我来"。我没理他，端起一板拿去厨房煮。半路赶上新鸳鸯从楼上飘下，小天大惊小怪跑来帮我端，嘴里嚷嚷："干活儿吆喝一声啊，这么多男人呢！"身后的孙磊窘得进退两难，默默转身回包厢又端了一板出来。

厨房里，金先生还在给冷面点缀海苔丝，一旁大厨看得尽心尽力，见我们来了，一个劲儿地夸："这冷面绝对好吃！用料太足了，咱们要做成这样，价儿必须得翻一倍！"

我一眼望去，是足。真足。一碗冷面半碗牛肉，还是腱子肉。高汤用了，柠檬挤了……没个不好吃的。不过能把鸡蛋煮成溏心，还能把胡萝卜青瓜梨丝切得如头发一般细，辣白菜斩成透明薄片儿……也确实需要深厚功底。

"哇噻！是给我做的么？"小天甚是激动。

金先生双手端到我面前，歉意地对小天说："老板娘先尝尝，我再给大家做，材料有限，只能这样了。"

我感受到前所未有的万众瞩目，刚才的不爽一扫而光，就在众目睽睽下接过筷子夹起一小箸面，卷一卷放进嘴里，点点头。

金先生笑容慈祥："怎么样？"

我说："果然是冷面。"

小天没规矩地夺过筷子野猪抢食般吸进一大口，顺便把碗也夺下，嘴里塞得鼓鼓囊囊不清不楚吐槽："好吃啊！好吃得不得了！"

金先生动也没动，我倏地心生一紧，忙避开他眼神，吩咐大厨烧水煮饺子掩饰尴尬，隔空说话："知道你是高手了，给我们省点材料，一会儿跟我们一起吃饺子吧！"

金先生才又愉悦起来，说好。

小天凑过来小声问："男朋友？"

我说不是。

孙淼凑过来小声问："没跟你弟说过我坏话吧？"

我卡壳，咬牙说谎："还没来得及说。"

瑶瑶凑过来小声说："欢姐我觉得你太有异性缘了！"

我说："你干妈想你了让你有空回我家吃饭。"

孙磊什么都没问、什么都没说，饺子宴上安静又低调，头不抬眼不睁地吃，偶有话题轮到他，也只是敷衍地笑一下。我一直偷瞄他，目光回收时总能撞上金先生的犀利眼神。莫名心虚。转念一想这样也好，至少让他知道我心里有人了，假如他的出现是令孙磊不安的因素，那对我来说更是天大的好事。

可我似乎低估了韩国男人的情商。事实上，金先生并不介意我对孙磊有着怎样纠结的情感，也再未表露过自己心迹。之后几天里，他出入菜馆如履平地，常驻一间包房请各种人吃饭。每天都会带束不常见的鲜花，送给当天为他服务的小妹，有时是摆在收银台前……完全不按规则出牌，让我没机会自作多情。

慢慢的，我发觉他几乎垄断了我的所有员工，每个人提起他都津津乐道，乃至某一天夜里收档，他突然进门说过来请大家去唱歌，这帮败家孩子居然都欢呼雀跃没有一个征求我意见！然后他才惺惺作态伸出一只手假意是我授权的，再引发新一轮轰动，也断了我破坏气氛的后路。

其实对于我这种太久没恋爱过的人来说，虽然人不是我所欲的，但什么烂招拿来杀我都够用，完全不必如此枉费心机。意识到这点是很伤自尊的一件事，也就是说，那天砸我的如果不是金先生，换作是张三李四王二小，我也一样有可能被推倒。

孙淼说的没错，我确实是吸尘器。

想通了也就坦然了——春天花会开，躲也躲不了。我索性不主动不拒绝见招接招死扛到底，待到金先生自己耍腻了也便另寻新欢罢。

好久没这么开心过。找了半天原因，发觉瑶瑶不在。好吧，我承认自己狭隘。

肄业的海归少年和失宠的夜总会皇后显得格外般配。一首《Way back into love》合作得天衣无缝，搞得他们唱完别人都不敢马上点歌。实话实说，要不是怕二姨日后犯病，要不是怕她犯了病找我娘亲算账，要不是怕我娘……我一定冒天下之大不韪促成这门亲事。

金先生是风骚，孙磊是闷骚，小天是明骚，他们在一起就是骚乱。酒一喝开，大家都有点儿不正常。

小天问孙磊是什么控？罗莉？御姐？制服？还是其他？

孙磊一本正经想半天，孙淼大刺刺搂着弟弟答：他手控。

一桌人喷了半桌酒。

我悄悄问小天觉得瑶瑶长得好看吗？

小天说好看啥呀长得跟马似的。

阴暗心理得到极大满足。

丫正着一张脸接着说姐你笑啥？你是马王。

一拳捶死。

金先生从《Nobody》唱到《江南 style》，率领员工齐跳卖腿舞骑马舞，节操碎满地……切墩小伙儿传菜姑娘们的尖叫声差点儿把屋顶掀开。企业文化都这么搞，啥凝聚力都有了。

划拳、猜枚、玩色盅……不一会儿金先生就不走直线了，一声不吭把钱夹塞我怀里，趴我腿上不省人事。

我以为他故意装醉，生生把腿抽走，他软塌塌滑到地上，我才招呼小天一起把他扶起来。

小天嘟囔："棒子酒量也不行啊！"

我心生恻隐："别给人起外号！人家是韩国人。"

小天笑谑："一个意思，唐高宗当年下手狠点儿他现在就是一少数民族。"

金先生想必是失聪了，完全没有反驳意识。

我把钱夹递给小天："少废话，买单去！"

孙磊过来商量："今天走账吧！都是咱们员工，不好让外人花钱。"

我低头看看酣睡中的金先生，狠心道："他在这儿没少赚中国人民的血汗钱，咱帮他花点儿也算爱国行为。"

小天竖起两个大拇指。

员工东倒西歪三三两两散去。孙磊架着金先生问我："他住哪？"

我说："不知道。"

孙磊一头汗："那往哪送啊？"

我迷迷糊糊翻出钱夹掏出他的名片说："找个出租车给他扔医院门口得了，反正他明天也得上班。"

小天在身后叫："你还是不是人啊？好歹人家也是买过单的！"

"不然怎样啊？"我吼回去，"扛回家你大姨不得一掌把我劈死啊！就你会做人！你有种别躲孙淼家，跟我一起回去！然后你亲自跟你大姨解释他是谁、你为啥在广州！"

孙磊摆摆手："别吵别吵，我带回去吧，反正瑶瑶不在。"

想想也行。我说："那我跟你一起。"

熟睡中的金先生看起来像一头没有杀伤力的小兽。坐在计程车后座，任他枕着我的腿，手自然搭在他肩上，感受他的均匀呼吸。偶尔低头看一眼，想像自己喝醉那天，他是否也曾这样注视过我？对我的醉态又作何评价？

神志不清的人真的很难摆弄。和司机一起把金先生扶上孙磊的背，我问："行不行？"

孙磊笑笑："你170的时候我也背过……"

我狠戳他一指："那是你荣幸！"

他边笑边喘："真是，可荣幸了。"

上楼卸货。孙磊帮醉猫脱衣服，同时唤我拿条湿毛巾给他擦脸，放杯水，然后关灯出屋。

又是两个人面对面，我太阳穴腾腾地跳，孙磊没什么异样，说："这么晚了，要不你就住这儿吧！不然我还得送你回家。你睡瑶瑶屋，我睡沙发。"

我装疯卖傻："你可以和金先生一起嘛，反正是双人床。"

"那还不如和你一起呢，传出去还好听点儿。"孙磊不避嫌地脱了衬衫去客厅接水喝。

从背后望去……

还是很想抱一下。

"孙磊，我一直想问。"我不知哪来的勇气。

孙磊喝着水回头看我。

"你喜欢瑶瑶吗？"我盯着他。

孙磊一愣，咽了水，直言不讳："喜欢啊，小女孩儿，勤快、懂事、又上进。"

心里一疼，索性一不做二不休，我再问："那你喜欢我吗？"

"当然。不喜欢怎么会做朋友？"孙磊像是早就背好台词。

"别打太极，你知道我什么意思。"

"今天你也喝了不少，早点儿睡吧！"

"我现在很清醒，有些话既然开了头，就不想再藏着掖着了。认识这么久，你肯定知道我在想什么。我想知道你的真实想法，别敷衍我，在你心里，我和瑶瑶是同等重量的喜欢么？"

孙磊心虚作答："当然不是。"然后把眼睛瞥向别处，慢慢说，"你生在好家庭，受过高等教育，从小到大没遇过挫折，所以你善良，没心机，讲义气，这也是为什么我和孙淼都愿意和你做朋友的原因。但我们毕竟不是一个世界的人，有时你不经意开的玩笑，可能就会刺到我，这不是你的错，而是我太敏感。瑶瑶的成长背景和我差不多，她努力，隐忍，尽管遇到很多坏人还愿意用好心态去迎接明天。我们都相信自己会改变命运，会在这个城市立足，会有一天得到所有人的尊重。像我们这种杂草型的人，只有遇到同类才有存在感。说直白点儿，她更懂我。所以我和瑶瑶之间没有距离，但和你在一起，我总会下意识地注意分寸。"

酒劲上涌，我呼吸略有不畅，刚说了个"我"字就被孙磊打断："我和瑶瑶已经在一起了。就在你去韩国的那几天。一直想找个机会跟你说，可看你回来心情一直不太好，就没说。"

有人是天生富贵命，有人是嫁入豪门命，我是天生给梦中情人培养女朋友的命。天雷加闪电在头顶滚动播放，眼泪滂沱，我张张嘴，却被掐住喉咙。孙磊还是不敢抬头的样子，我咬紧牙关转身进屋，捂住胸口。那种情绪很奇怪，不只是迁怒瑶瑶的捷足先登，更多还有怪他眼大无珠、懊恼自己沉不住气表露心迹。人生最痛苦的不在于拥有一个悲惨下场，而在于知道了下场却无法改变。

真想到隔壁和金先生躺成一排。今夜，我们都是受害者。

门外悄无声息。不知孙磊睡了没有。我彻底失眠，在床上呆坐半晌，起身抽出书架上瑶瑶的影集一页一页翻看。当年的瑶瑶还不懂穿衣打扮，所有衣服穿在身上都大一码，一张脸羞涩涩，却惹人怜爱。翻着翻着蓦然清醒，看看周遭，又打开她的衣柜，不寒而栗——瑶瑶家曾被洗劫一空，那她除了放在我家的衣物就不该有其它了不是吗？可为什么衣柜里还有照片里的冬装？这本影集明明没有带去我家，那它保存在哪里？还有她几年前的书本笔记，都完好插在书架上；就连这洗得泛白的床单，都是我曾在她和大力的廉租屋里见过的……是她和大力合演了一场苦情戏？还是她自编自演了一出辞旧迎新的贺岁大片？

刚刚在孙磊那儿受的委屈变成阵痛，顺血管涌向大脑。我怒不可遏，虽然一夜情的事儿干得不光彩，但我心里清楚自己是个好姑娘，而瑶瑶即使没搞一夜情也是个 beach。

这件事绝不算完。我暗下决心，明刀明枪地败了我认栽，但靠耍手段抢东西，你怎么抢到手的，老娘就怎么从你手里抢回来！

54

再难熬的夜也会有亮天的时候。

天边刚现白光，门外有了响动，感觉是金先生醒了，以为他会去洗手间，不料脚步声过后就是轻轻开锁声，而后，防盗门被小心翼翼推上。室内恢复安静。

我坐起来，对他的不辞而别百思不得其解。仍然睡不着。我收拾了一下悄悄出屋，走前瞥一眼熟睡中的孙磊——可爱之人也有可恨之处。

55

金先生突然从我眼前消失了。

一连数日不见他来吃饭，没电话，没突袭。对于一个刚刚遭受到真爱打击的伤员来说，这种落井下石的行径实在残忍。我几次鬼使神差地拿起名片想试试号码，几次拿起又放下……这应该不算一种想念，只是需要借助一个不相干的人转移疼痛。而这种转移貌似对他很不公平。

迷茫时分拔智齿。

牙医以大力金刚指配合八心八箭的切割工艺在我口腔右下角留下一个洞。

麻药一过，分不清是心更疼还是洞更疼。

智齿的出现昭示了两大定律：

NO.1 我长大了。

NO.2 我老了。

纵便那个沟壑长成平地也更改不了这样一个事实——我风烛残年。渔歌唱晚。夕阳西下。

所以，每当我看不惯青春美少女的一些作为时，一个声音就会在耳边说：你不是看不惯，你只是妒忌——

你妒忌她们比你年轻；

你妒忌她们有做错事的资本；

你妒忌她们做错事后可以因为年龄的关系被原谅；

你妒忌她们即使错了也有大把机会修正和弥补。

而你，不行了。你要为自己的一言一行负责，善报恶果立竿见影。30岁前思维简单可以理解为天真单纯，30岁后再简单就属于智力缺陷。大家都喜欢与聪明人探讨先进经验，而不愿意长期和傻子交流心得。

好吧！我妒忌。

如果有可能，我希望复制现在的脑穿越回10年前。那样的话，我就可以做出很多不同选择，少说很多话，克制很多事……那样的话，也许生活更美好。

失去联络的第7天，信步寻到金先生医院。站在门口对着海报发呆的工夫，整形顾问把我请进厅堂，对我五官进行了深刻剖析点评，向我推荐了新一代韩式微创无痛削骨术。我心不在焉地听着，顾问忽而眼波流转，音色甜美唤了声"院长！"我惊慌回头，金先生两眼锋如利刃把我钉在当场。

"找我有事？"金先生脸上带着邪气。

"呃……这么巧……"我紧张。

"上楼聊吧！"他做个请的手势，我起身相随，留顾问在身后挥发无穷想像力。

现代简约风的办公室，金先生悠然摆起茶道，问："英红九号？金骏眉？单枞？雪菊？"

我说："英红九号。"

他头也不抬："喝完了。"

斜了一眼，我说："那雪菊吧。"

"生虫了。不过算一下还能喝，介意吗？"

我问："你本来打算给我喝什么？"

金先生撕开一包金骏眉泡在壶里，深不可测地笑："所以，喝别的也行，对吧？"

我把玩小杯默默等茶。

"你想好了吗？"金先生问。

"想什么？"我装傻。

"你来找我不是想来告诉我什么吗？"

一时心惊。放下杯，我言不由衷："我没想来找你，就是恰好路过。"

"你在越秀，我在白云，这附近既没商场也没小店，你说你恰好路过？"

"我……想咨询一下怎么美化器官。没想到这是你的医院，真不是故意的。"

金先生盯得我发毛："你对他还没死心吗？"

我心跳紊乱，拼命回忆集体酗酒的那个晚上，他该不是偷听到什么了吧？

"为一件事耿耿于怀，对一个人念念不忘，只能说明你没什么见识。"金先生含沙射影为我倒茶。

"就是说，你终于对我没兴趣了？"我试探着对号入座。

静默十几秒，金先生小声道："我只有一颗心，你看着伤吧。"而后离开沙发走向办公桌，坐下，打开笔记本伏案工作。

我自知说话不讨喜，又不知如何缓解尴尬，只好默默喝茶，半晌，无趣起身，带齐行李物品。

"去哪？"金先生问。

"回饭店。"我答。

"我送你。"

在小护士们的注目礼中坐上低调又奢华的辉腾。不得不承认，心里局部虚荣面积还是得到了极大满足。我也希望特克斯勒消逝效应在我们之间发生，让我忽略孙磊的光环。只可惜，旧爱健在，雪耻未捷，移情太难。

车转了两个弯道驶进住宅小区地下车场。

我疑惑："这是哪？"

"我家。"金先生神态自若泊车熄火。

我动也没动看着他。他淡然："有那么可怕吗？我不是汉尼拔博士。一直想亲手做顿饭给你吃。以前总觉得以后有机会，现在不确定还有没有，相请不如偶遇，就现在吧！吃完饭放你走。保证再不骚扰。"

金先生眼神诚恳举止斯文思路清晰，确实不太像变态杀人狂。我便乖乖下了车。

金先生的闺房传承了经典棒子风：原木，纯色，没有拖鞋，眼见皆是拉门，沙发和茶几的高度接近地面，地面光可鉴人，一个超大开放式厨房，十八般厨具同样光可鉴人……这说明此人不是有洁癖就是此地常有贤惠女人出没。

没有客气的寒暄，金先生把我丢在客厅就钻进厨房扎起围裙，只留下一个切煮煎拌的背影。不多时，味噌汤的香气溢满房间。那一瞬，我竟有些感动。有生之年，为我在餐厅切牛扒的唯他一人，为我亲自下厨的亦无其他。倘若换作曾经，真不知自己还有什么理由拒绝。但是曾经……假如当日他击中的是170斤的我，还会有这之后发生的种种吗？

味噌汤、红葱头烧肥牛配包心生菜、香煎牛仔骨配红酒汁、杂菜沙拉、香菇火腿蒸鳕鱼、辣白菜炒饭接二连三出炉，每样分量不多，盛开在精致骨瓷碟中散发着贵族气息。

"可以啊！"我惊讶。

金先生颇为得意，说他家在首尔有间传统料理店，已经传了三代，这一代由他哥哥掌管，他全家人都钻于吃事，嘴馋且刁。他边说边看我把食物一口口放进嘴里品咂点头，突然话锋一转温柔道："有没有人跟你说过，你的吃相是最美的。"

我倏地卡了喉咙，红酒送饭，而后摇摇头："我以前很胖的，如果搁一年前，你可能都不想认识我。"

金先生怅然："170斤。孙先生见过。他还背过你。"

面前食物瞬间失去光芒，我问："你那天是装醉吧？还听到什么了？"

金先生笑着用一叶嫩菜包裹几丝肥牛蘸了红酱递到我嘴边，答非所问："都不重要。好好吃饭比什么都重要。"

正犹豫接不接茬儿，电话来了。领班姑娘在嘈杂中焦急地喊："欢姐快回来！饭店出事了！"

我把肥牛菜卷凌空捏住扔碗里，对金先生说："快送我回饭店！"

56

晚市时候来了四个客人，都是生面孔，点了六道特色菜，每道菜吃得只剩个底儿，然后大吵着找经理，桌上摆着一条拇指那么长的死老蟑。他们要免单、要体检、要赔偿，还同时召来电视台记者采访。等我到饭店的时候，领班已经带四人去医院了，摄像记者还在，等着录我的获奖感言。

"怎么回事？"我把所有经手人叫出来问话。

大家都表示这是不可能发生的事情。菜馆卫生堪比星级酒店，每天在清洁基础上还会彻底消毒一遍，开业这么久，别说菜里，就连洗手间和下水道附近都没见过活物。

"肯定是他们陷害我们！"当天负责消毒的小伙儿眼泛泪光。

"肯定是！再说那么大只蟑螂我眼瞎啊看不见？真要是有装盘前也挑出去了！"负责那道菜的大厨说。

——然后这句话也被录下来了。

不是偏袒，我凭直觉断定老蟑极大程度来源于外带。因为从现场尸检上看，死者表皮尚未充分吸收汤汁，腹部坚挺，四肢无残缺。如果死亡时间在入锅后，那它不会死得如此安详，连须都不少一根。从表情上看……这倒看不出啥。

老蟑同志猥琐地伸展在桌面上，扮演一个无耻的罪证。我自己亏钱丢脸无所谓，但想到有人如此践踏我们的心血，还污染其他食客视听，无处发泄的愤怒一涌而出。

我说："这是陷害！他们是无赖！"

话没说完，金先生把我拉到屋外，按住我说："这时候说这些都没用，我来吧！"回身进屋对记者们和颜悦色，"事情的原因我们还要调查。客人已经送往医院检查了，费用我们来承担。你们知道，我们菜馆开张以来一直生意红火，有可能得罪了一些同行，所以……"金先生把其他服务员请出包厢，关上门不知搞什么名堂。半晌，记者和他说着客套话出来，像久违的老友般相互体谅。

人走了。我问他做了什么？他诡异一笑用手指做了个点钱的手势。

我急："你有病啊！明明很简单的事为什么让你们韩国人搞得这么龌龊？"

他收起笑容："是你自己想简单了吧？入乡随俗。都是跟你们中国人学的。"

我懒得理他。询问领班医院情况，果然不出所料，四个人生命体征明显，还在嚷嚷着索赔；让服务员给所有食客免单致歉，几桌常来的主顾主动结账并表示信任和理解。问出纳孙磊哪去了？答案重又勾起我的火气，她说——"孙哥去机场接瑶瑶姐了。"

我打通孙磊的电话，史无前例地冲他大吼大叫。待到脾气发完，静下心想补一个感谢给金先生，却不知他何时已经离开了，连告辞的话都没留一句。

57

请讨厌的人到家里吃饭是反间计中分值较高的随堂测试题。天赋不高者会令路人皆知这是一场鸿门宴；高手能化敌为友后杀人于无形。反之，低智商赴宴者会以君子之心度小人之腹将命脉托付对手；高人却能把糖衣剥下吃掉，炮弹退回原籍，捎带设个套。

我们更乐意与直率的人打交道，我们希望朋友和敌人比自己更单纯，我们想知道每个人的真实想法。与此同时，我们常说着言不由衷的话，和所有人表面相交甚好，面对贱人在心里玩命操他大爷脸上还能挂着微笑，并把这解释为涵养……其实大家谁也别客气，都不是省油的灯。

叫瑶瑶来家吃饭。瑶瑶满口答应，一脸歉疚，好像这段日子以来她当真时常想念一样。

妈却当真高兴了一遭，买菜烧肉不亦乐乎，餐桌上更是与瑶瑶相聊甚欢，从她的新工作聊到各地风土人情。

"有没有男朋友呢？"妈问。

我心里咯噔一下。瑶瑶下意识瞥了我一眼，含蓄道："还没呢。"

"孙磊不算吗？"我装作漫不经心。

瑶瑶有点儿窘："你都知道啦？"

"孙磊？是租咱们房子又跟你开饭店那个小伙儿吗？"妈把眼球转向我。

"是。"

"你介绍的？这孩子，怎么不跟我说一声。"

"我也是最近才知道。她俩也没想告诉别人。"

"谈恋爱有什么不好意思说的！"妈完全摸不清状况，笑对瑶瑶，"总好过你欢姐，30好几了还不着急，这女人一过30呀，就不是挑别人，而是人家挑她了……"

"谁30好几啊？我30刚出头好吧？现在这岁数单身的多着呢！谁像你们那一辈人没什么出息就知道结婚生孩子，然后逼着孩子也赶紧结婚生孩子。"我不忿儿。

"对，你有出息，看你还能出息几年！"妈跟我置气，"我看小天都能结到你前面！"

我还没反应过来，嘴快的瑶瑶看着我脱口而出："天哥和孙淼姐要闪婚啊？"

妈瞬间卡碟。我只好硬着头皮往回兜："没影的事儿……"

"他俩真的很般配呀！郎才女貌天造之合。"瑶瑶不开眼地继续报料,"对了,天哥今天怎么没回来吃饭呢?"

这下我是真不知道该怎么兜了。

"怎么回事儿?"一直没怎么吭声的爸突然发威。

我只好一五一十把小天给卖了,中途瞪瑶瑶无数眼,眼珠子几次夺眶欲出。之前准备好对付小骗子的心理战术被飞来横祸冲撞得支离破碎。吃完饭,我看看爹妈脸色,知趣地把瑶瑶往外领。

"欢姐对不起!我不是有意的。"小区花园里,瑶瑶求谅解。

我无心恋战,跳过意外直入主题:"派出所前两天给我来电话,关于你家失窃的事,让我们有空去一趟,说有疑点。"

不出所料,瑶瑶瞬间呆滞。

没给她反应时间,我马上又将一军:"入室盗窃的事儿跟你有关系吗?"

瑶瑶眼神慌乱,脸色发白:"跟我?我是受害者啊!他们怎么说?"

我不语,只盯着她看。瑶瑶攥着包包掩饰紧张。

"你不关心失窃的东西有没有找到吗?"我平静地问。

"他们找到了吗?"瑶瑶有气无力。

没工夫整理更缜密的逻辑,我索性使诈:"警察怀疑,失窃的事,你是知情的。"

瑶瑶微微哆嗦了一下。

"你跟我说实话,我可能还能帮你出出主意,报假案后果严重,你想清楚再说。"

"欢姐……"瑶瑶煽情的泪水说来就来,"我……那个时候很想让你收留我,可我又想不到其它办法。"

"东西怎么搬走的?"

"我的东西存在一个朋友家，大力也没什么重要物品，衣服捐了，那些旧家具直接让收废品的收走了。"

"张春瑶你胆子够大的！你还有什么事不敢干？"

"我……没想到他们会管这种事。我以前跟人合租宿舍真的被人偷过，报了案警察就是过来取个笔录什么都没管。我不这么做，我怕你当时赶我回去，那种地方我真的受够了，每天都担惊受怕……"

"所以你就骗取我的信任达到你的目的，然后找到更合适的跳板再另攀高枝。"

"欢姐不是这样的！我知道你是真心对我好，我也是真心对你和阿姨叔叔的。我对大力是有感激，但我们在一起太不合适了……"

"你感激他，然后亲手把他送进监狱还把他家偷光。张春瑶，你还是人吗？"

"欢姐我已经赔偿他了！我把他给我花的钱连本带利都算清还他了！欢姐，求你帮我想想办法，我不想坐牢，你不帮我，真的没人能帮我了。"瑶瑶拉着我的手臂梨花带雨。

我轻轻把手抽走："这件事，你回去原原本本告诉孙磊，我再帮你想办法。"

瑶瑶又一愣，眉间愁云惨淡。

等剑落地的滋味也得让她好好尝尝。不知为什么，得到反击的把柄，却没想像中兴奋。

来不及深入分析，目送瑶瑶哀怨离开，我紧接着给小天打电话，叫他趁早滚回来负荆请罪，并不仗义地给他一个憎恶瑶瑶的理由。放下电话仰望四周——别家阳台云淡风轻，我家窗口乌云盖顶，似有漏电逮谁劈谁……遂决定等罪人来了共同上楼，免得替这个小浪蹄子承受无妄之灾。

小天真有种，带孙淼一起来的。美人穿湖蓝色运动套装，头发利落盘在脑后，露出无敌白嫩小脸，不施粉黛也绝对赶超重庆选美三甲。俩人拎着礼盒装燕窝鸡精，力求换取宽大处理。看在燕窝的分儿上，公审现场并未出现血雨腥风，孙淼的首次亮相还为自己赢得了亲友团。至于她的身世：生于富商家庭，年幼一场车祸把双亲送上天堂，好心老管家把她和弟弟养至18岁也撒手人寰，从此变卖家产供弟弟念书自己则远渡重洋求学奋进……我实在听不下去了，默然进书房替他们念诵七佛灭罪真言。灭着灭着就又想起瑶瑶，也不知道孙磊听完她的真情招供后会作何感想？

58

真相大白是一柄双刃剑。好处是从此可以坦荡生活，坏处是你会发现坦荡的日子真TM难受。

真相过后，小天在他大姨大姨父的殷切关怀下搬回家里住，被迫掩盖荒淫无度的本性，扮演起求职路上的小兵丁。瑶瑶和孙磊疑似不和谐，孙磊接她电话少了柔情蜜意，冰冷得像块冻鱼——而当瑶瑶得知我其实是使诈让她吐真言的时候，那副冻鱼表情也复刻到她脸上。

让我不爽的人，我也不能让他们太爽。得知他们都不好过我也就安心了。且这捷报距我理想还差得远，要再接再厉才是。

我对孙磊依然有爱，很多很多。只是蓦然想起金先生，竟不知哪来的伤感。

59

他不单跟玄彬同一个国籍，还跟玄彬长得有点儿像。

他不但爱吃烤肉，还知道怎么烤。

他精通韩语，会说半调子英语，现在常讲普通话。

他说：全球一体化，别总说你们国家我们国家。

他信仰藏传佛教，在玛吉阿米吃饭的时候会背几首仓央嘉措的情诗。

他关心中国的政治和文化，而我从来分不清北韩南朝鲜还是南韩北朝鲜。

他每次出场都彬彬有礼，无论自己开心不开心。

他不乱吼，还很温柔。媚俗，总比冷漠好。

对于上不了twitter、youtube、facebook的地区来说，他多少有那么点儿异域风情。

……

最近常梦见金先生。虽然具体内容醒来后有些记不清，可一个活人常给我托梦总不是什么太好的事情。

决定去找他。理由想了很久。后来想到他替我们垫付了记者的红包却没报销……突然心情大好，打车向医院飞奔，心里盘算着101种缓和关系的语句。即便不适合做恋人，也不至于连朋友都没得处嘛。

车停靠路边，等司机师傅找钱时意外看见了金先生——与一个妙龄少女从医院里走出来。少女撒娇摇他手臂，先生假正经，五官却难掩老男人的得意。我心话你大爷的金在亨！你丫挺的在我面前玩浪漫玩纯情玩洒脱玩忧郁！调腔就 TM 把黑手伸向下一代怀里！赚我们中国人民的币子毁我们中华民族的妹子！我今儿要不抓你现行枉我大老远这趟车钱！

直直目送他们坐进辉腾，一沓零钱挡住视线，司机故意把钱举得老高还在我眼前抖了抖。我接过钱，顺便把里程表又按下，说了一句不太符合我身份的台词："跟着前面那辆车！"

交通广播电台里播着汪明荃的老调：

　　聚散也有天注定 ／ 不怨天不怨命 ／ 但求有山水共作证……

司机狠狠地瞄我一眼。丫一定觉得我跟山水是提供同等服务的！

辉腾一路匀速行至广州大学门口亮起尾灯。少女下车摆摆手向校门走去，走了两步又折回，小步颠到驾驶位敲敲车窗说着什么，几秒钟，车窗里递出一沓……钱！靠！

司机在一旁摇摇头同情看我："是你老公？"

"他配吗？"我咆哮。

司机把眼睛从我脸上摘下又射向少女，用看热闹不嫌事儿大的广东话嘀咕："哏，嗰有乜嘢唔同啧……"（那跟她有什么区别啊）见我瞪他马上将手指向前方，"还跟吗？"

"不跟了！回环市路。"我余气未消，懒得跟个陌生人掰扯隐私。

四十好几。身无所属。六根未净。有型有款。一个酒肉穿肠过的男人怎能甘心与自己的双手相依为命共度余生？怪不得金先生这段时间对我态度逆转，原来是有了更可心的甜品。扪心自问，最悔的却是撞破这戏码。误会自己有人暗恋的感觉那么美好，好到我当真以为自己为了一棵树放弃整片森林。泥马！原来森林只是投影！有时你并不晓得自己已经喜欢上了谁，除非亲眼看见他和别人在一起。比起你爱的人不爱你，那个一直说爱你的人闪电倒戈更令人想哭。真想到楼下老百姓大药房买二斤鹤顶红兑水喝了——情人往我心上扎一刀，我跑去医院治脚气，半道儿跑丢一条腿……我若不死，谁都不该死。

  诸事不顺。

  除了在不同男人剧幕里扮演不得志的第三者，唯一在生活中赐予我力量的饭店生意也不是很好。或者说，是很不好。蟑螂事件有一定影响，更大影响来源于不远处开张一家"新欢私房菜"，宅子更阔，车位更多，好多养起来的主顾都一顺水儿喜新厌旧了。我去过一次，实话实说味道不赖，价钱比我们便宜，见邻居同行来吃饭，服务员也没掉脸子。我于是加倍沮丧，甚至怀疑这是拆散鸳鸯的现世报。

  男人断然是留不住了，我想了很多办法挽留客人：赠菜、送折扣券、餐餐搞抽奖，我亲自给获得千元代金券的客人打电话，我说："先生恭喜您中奖了！"对方不等我把话说完，冷冷一句："黐线！"然后挂机。

  生在五浊恶世，布施都被当成骗子。无奈。亦无语。

  孙磊很多天没跟我说话了。不只我，他跟饭店里其他人也不怎么说话，闷得像个充气娃娃。忽然一日电话来，还是清早，我相当意外，接起竟闻抽泣声，孙磊语气一点儿都不冷静："你快来我家，要快！"我抓件衣服冲出门，一路忐忑发生了什么？最坏的结果就是他把瑶瑶宰了，需要帮手分尸。想到瑶瑶即将变成肉段，我心生怜悯，她虽心机深重，却也罪不至死……

老宅楼下，熟悉窗口飞下一坨裹着毛巾的钥匙。三步并两步上楼拧开防盗门，喊孙磊。孙磊带着哭腔在卧室里叫："帮我把门踹开！"

想像瑶瑶在房间强暴王子的画面，我使出吃奶的劲儿向卧室门踢去，然后一个大劈叉滑倒在地。幸亏姐平日练过，不然这一叉就完球了。没时间喊疼，缓缓站起来揉揉大腿内侧，确定骨盆没碎后，抬腿又是一脚，门咣的一声弹到墙上。然后我傻眼：地上淅淅沥沥淌着血迹，孙磊只穿一条底裤坐在床角，血迹由地面爬上身，一直延伸到他嘴角！齿间有节手指若隐若现，他开口说话，吐字含糊不清："快送我去医院！"我一下就软了。等他说到第二遍，才慌忙帮他套上衣服裤子，搀扶下楼。哆哆嗦嗦驾着他的小柠檬，深一脚浅一脚一路混乱到医院。并猜测他是 SM 没玩好？还是为了熟练碎尸业务先拿自己练手？

挂号时意识到俩人都没带钱。听说要回去取钱包，孙磊几乎昏厥在走廊里。我边哭边求小护士，并举着手机信誓旦旦马上叫人送钱来。许是看到孙磊的帅脸，许是姑娘还未被行业污染，护士妹妹自掏腰包帮我们挂了急诊，并好心说如果急做手术可以先帮我们垫付，但要打个欠条……我千万个感谢后把孙磊交到大夫手上，随后下意识拨通金先生电话。

也许在我潜意识里，我们还没算完。至少，我要让他知道我什么都知道了。至于知道了跟不知道的结果有什么不同？我也不知道。

这听起来真像是病句。

不消多时，金先生光芒万丈莅临医院，金先生的到来令我蓬荜生辉，同时给孙磊带来了一线生机。见我肢体并无残缺后，他急躁的神色有所缓解。这给了我些许安慰。证明他虽是人中之渣，良心还没有大大地坏了。但当得知断指的是孙磊后……那张脸加剧急躁。

付了诊金，金先生说没其它事他要回去了，语气官方得像领事馆签证官。我愣了一下，被动地说："钱我得还你，要不稍等一会儿，你跟我回饭店取吧！还有上次你替我们给记者的红包。"

"有空送我医院吧，我不在交给前台也可以。"

"那，一共多少钱？"我追问。

"上次的我忘了，这次的单据不在你手上吗？你自己算吧。"

金先生说走就走。我站在距他离去半尺、一尺、一尺半、好几尺的地方愣了半天才想起抚慰自尊心。认识他这么久，居然不知棒子原来也有傲骄的一面。那个帮我切牛扒的棒子去哪了？那个为我做爱心料理的棒子去哪了？那个说喜欢我的棒子去哪了？

心一动，泪千行……

孙磊不知何时站到我身后，拍拍肩膀冲我勉强笑了一下说："别哭了，我没事。"

我抹了两把眼泪，默默替他拿药。

回去路上孙磊恢复声道，说一早洗完澡不小心把自己反锁在卧室里，找出瑞士军刀企图把门撬开，结果一用力，绷直的刀刃突然折回，瞬间就把食指削掉……大夫给打了钢钉，隔天换药，等手指长好还要过来把钢钉抽走。

"疼吗？"我心系金先生，机械地问他。

"太TM疼了！"孙磊惊魂未定，"打了两管麻药还有感觉，我都快把牙咬碎了。"

我也咬紧牙关强忍热泪，心里一颤一颤地疼。这一次不为孙磊，只为自己见好不收。

"瑶瑶不在家？"我分散自己注意力。

"嗯。"

"早上怎么没给孙淼打电话？"

"怕她担心。这事儿你别告诉她，她要问，我就跟她说切菜不小心擦了手。"

"那为什么找我？你觉得我不担心你？还是我的担心不在你关心范畴之内？"

孙磊想了半天，说："我没想那么多。出了事第一个想到的人就是你。"

搁以前，听到这句话我可能会感恩戴德，可能会让他重说一遍录音留念，可能会把原文写在日记里天天看天天看。可是现在，我只想同情自己：我愿意为你豁出一张老脸，我愿意为你做任何事，我愿意把所有问题都自己扛，而你只愿意跟我说谢谢。我就差你这一句谢谢吗？金先生是个强盗，却也懂得讨好，懂得为我制造一点儿浪漫，哪怕只是浪漫的幻影，而你，连个幻影都没给过我。小天说得对，除了亲娘对儿子的爱是不求回报的，没有任何一个女人愿意做永久牌备胎。

我欲送孙磊回家，他却执意去饭店。随便了，自己的身体自己爱。小柠檬无偿征用。今天还有比他和饭店更重要的事——取钱，还给金先生。既然缘分已尽，那就各不亏欠，毕竟，我和那些靠他打赏滋润的女孩儿有着天壤之别。

尽管，一想到从此再无瓜葛，还是很想把节操剪碎了随风吹向大海。

金先生不在医院。把装好钱的信封托付给前台，我多嘴问了句："他什么时候回来？"

女孩礼貌答："不太清楚，院长好像生病了，已经好几天没过来了。"

心里的积水潭波澜再起。难怪早上的他看起来那么萎靡，而我却只关注他的提款功能，还把他的冷酷归咎于见异思迁。

"他在家吗？"我问。

"这个不清楚。"女孩答。

我道谢转身，鸡血沸腾老鹿乱撞向他家奔去。幻想他开门意外见到我的惊喜面孔，然后音乐、灯光、撒花，再由我登堂入室，执子之勺为子挥洒一套大中华料理……完胜！

我深信那日目击到的小萝莉只是勤工俭学的道具A。我能原谅他在得不到我的情况下找个和我差不多的替代品。人非草木，孰能无过？我在经历了两个半本命年、历任我深爱却不爱我的男人后终于明白聪明女人该如何争取幸福。永远别指望生日蜡烛一吹，一屋子美男桑会像饺子一样趴得整整齐齐满覆床上，也不要以为谁会真的非你不娶、爱你一万年。

心智大开，与自贱无关。

三声铃响，激情望而却步，门内站着萝莉——高校外拿钱的那位。看来他俩还真不仅仅是金钱交易，起码是交易中的VIP。

"你怎么来了？"金先生随后走出来，萎靡的脸上确实写了半壁惊奇。

我冷笑，鸡血凝结，想PK，却力不从心，只好佯装无所谓："我来还钱。"

"我给你介绍一下……"金先生倒是见过大世面的姿态。

"不用！"我满眼都是恨，"见过，坐你的车接你的钱，以后应该没机会再见，不用介绍。"

金先生更讶异："你跟踪过我？"

我失望透顶，义正词严："我没那份儿闲心偷窥你私生活。谢谢你今早来救急。钱我放在你医院前台了，听说你病了才上来看一眼。人在做，天在看，这姑娘都能做你女儿了，你自己不积德好歹也替人家父母想想。不然你病的时候还在后面呢！"说完留下一个白眼给他回味。

金先生一把抓住我，力气大得要命，语气毋庸置疑："既然来了就认识一下吧！我女儿金熙妍。"

60

生命每个阶段都有尴尬一刻。一直安慰自己长大就不会了、以后就不会了、再过两年就不会了……时值今日我才意识到，我的傻B程度其实是随着年龄增长与日俱增的。

当金姑娘带着轻蔑的微笑跟她爸讲完一串流利韩文悠然飘进屋里并有教养地把房门关好的时候，我倒真希望我们之间不再有任何瓜葛。

"所以，你是来告诉我，你和孙先生只是朋友，不想我误会吗？"金在亨扮猪吃老虎。

"本来也没什么。"我狡辩。

"所以，你现在开始正式追我了吗？"

"啊？"

"我会给你机会。"

"谁要追你啊！"我脸腾地红了。

"不是追我，你跟踪我送女儿回学校？"

"那是刚好到你医院门口……"

"去医院不带钱，然后给我打电话。"

"那是……"

"听说我病了就来探望，在我女儿面前说一些乱七八糟的话。"

"好吧……可是……"

金先生得意极了，脸上终于恢复了阳光灿烂："所以，你是有多爱我啊？"

我妥协，不想再解释什么。不用猜人心思的感觉真好，如果这就是遇到对的人，谁追谁又有什么关系呢？当爱情已经成为两个人的事，任何一句对白都是废话。

61

一个恋爱的人眼睛里除了情人什么都看不见。就在看不见的某一天凌晨，急促电话将我从床上拔起——饭店失火了！光腚跑到门口又折返回屋穿衣服。一路昏昏沉沉，反复确认是不是在做梦。

不到现场不知道绝望：浓烟中无法冲进饭店找消防栓，早到的孙磊和员工杯水车薪地白忙着，四周邻居纷纷隔窗观望，深夜长空中传来消防车拉长音的警报声……距离我们好远。这是一道悲催的应用题：大火每秒烧 100 平方米，水源离大火 50 米，七个员工手执小桶轮流接水，每5秒灭火2平方米，问大火几分钟能把房子烧完？

消防官兵驾到之前，我们基本放弃救援，站在熊熊燃烧的火光前失声痛哭。孙磊流着泪把手机举起，我哭着问："你干吗？"灯光一闪，他拍了张以火烧老宅为背景的优秀员工大合影。

警察来了又走了，初步怀疑是人为纵火，还有待进一步调查取证；保险公司勘查员来了又走了，拍照核对损失，回去申报理赔；房东来了又走了，痛心疾首对我们破口大骂；记者来了又走了，扛着摄像机追问我失火原因和感想；左邻右里的商户来了，说高压喷水给他们造成了财产及心灵上的巨大伤害，索取赔偿。

孙淼留守原地善后，我和孙磊一路登门道歉：一家10平方米不到的五金杂货铺，天花墙体年久失修发霉泛黄，因水索赔10万元装修款；一家地下仓库，二十几部山地车包装盒底部浸水软烂，要求我们负责清水，并将浸水山地车按原价买走；一对夫妻说老人被半夜火警声惊吓过度，要我们提供老人体检费用，其中包含心肺肝脑透以及血常规和尿常规……平日没得罪过谁，邻里一团和气，遇事才知人情冷暖。我临时和孙淼换岗，在谈判上，她有着异禀天赋。

灾后重建谈何容易？粗略清算一下，等理赔金下来只够别墅加固维修的。重新开张比开一家新饭店更昂贵。开张要钱，不开张也要钱……班子成员商议到夜深，最终决定先按股份出资把烂摊子收了，员工遣散，至于开不开再议。

孙磊送我回家一路欲言又止，待我下了车，他才追下来说："我手上有10万，明天过账给你，就当……我赔你的房子钱。别太难过了。"

我心里一暖："说什么呢。房子是我自己卖的，饭店也是我决定开的，这一年大家都尽力了。再说案子没结，结果不一定那么坏。

你的钱自己留着吧！"

"是我当时怂恿你开饭店的，不然你现在至少还有套房可以收租……而且这一年里，我没投资也从店里赚了不少，你在钱上从没亏过我。"

"那是你应得的。也没有哪个经理比你更尽责了。换个经理没准儿饭店轮不着烧就黄摊子了。"我打个呵欠，"早点儿回去睡吧，折腾了一天，明天还有事要你扛呢。"

说不想要钱，那是假的。但从孙磊身上抽血，多少有些于心不忍。

太累了，到家脸没洗牙没刷一头扎床上睡得人事不省。醒来已是响午，手机响不停，我拿起来——竟是瑶瑶。

自从让她在孙磊那自戳软肋后，瑶瑶一直刻意避我，饭店几乎是不来了。这次主动找上门，很难猜是送温暖还是送冷水。反正我问心无愧，也没什么话不能听的。我迷迷糊糊接起，瑶瑶约我在家附近咖啡店见面，我说电话里说吧，饭店的事你应该听孙磊说了，我洗个脸还要回去忙事儿。瑶瑶支吾了一下，还是直抒胸臆："欢姐，你能不能别要孙磊的钱？"

我坐起来："什么意思？什么叫'我要孙磊的钱'？"

"欢姐你别误会。我知道，是哥主动贴补你的损失。但你不知道，那钱，是我们省吃俭用攒下来准备买婚房的，首付都还不够呢。我俩家庭条件都没你好，10万对你来说可能是笔小数，可对我们来说却要努力赚很久……"

"张春瑶你什么身份跟我说话？"我心情很不平静，语气尽量压得正常，"这是孙磊和我之间的事，不需要你给建议。他要是拿了你的钱，那你去报警。否则麻烦你直接和他沟通，不要过来教育我，好吗？"

瑶瑶态度绵软："欢姐我不是在教育你，可能我用词不当。哥是个很讲义气的人，他经常会为朋友牺牲自己和家人利益，我知道你也是讲义气的人……"

我无情打断："就是说你现在已经是他家人了吗？你那么了解他就更该清楚他要是知道你私下给我打这个电话会有什么反应。论义气，我觉得所有人里你最讲义气。"

说完，我把电话挂了。

百合是一种心机很重的花，外表纯洁无比，气味却有着深入骨髓的侵占性。瑶瑶就像野百合一样，只要哪里有她，等她花开，哪里就无形中全是她的天下。

不让一个人把话说完是相当没教养的表现，但如果对一个人失去了最起码的信任，教养对她而言就是完全不需要的礼节。

瑶瑶打来两次，都被我按掉。点开未阅读短信，果真有一条来自银行的通知，一笔10万存款通过网银转至账下。我想赌气扣留，想想孙磊，心又软掉……但这事儿说到底还是我和孙磊的事。我还不还？什么时候还？跟张春瑶一毛钱关系都没有，也不用给她一个交代。

62

金在亨向灾区人民发来深切慰问，并口头向我预支了一张援建支票。国际友人的好意我心领了，公安机关的侦查结果未出，我也没心情东山再起。

小天欲劫父济贫，被我婉言谢绝。我对他的唯一要求就是在家封锁消息。可躲过了报纸电视,躲不过老头老太太故意上门遛弯儿。虽然我谎称保险公司会全额理赔,二老仍愁眉苦脸。回答不了他们的十万个为什么,我借口料理后事暂住棒子家定惊安神,化悲痛为力量……却不小心变成了送福利。

"从今往后,我的私人财产就只有你了。"激情过后,我悲情感叹。

"我的都是你的。"金在亨的语音系统显然还被腰部以下神经控制着。

"胡说。至少有一半是你女儿的。"我给他降温。

金在亨把手伸到枕下,变魔术般掏出一个炫目小盒子,把一颗闪亮的 Tiffany 钻戒套到我的无名指上,然后说:"那算我先欠你的,分期还,不放心的话,就嫁给我吧!"

我抬手瞪着俩眼使劲瞅——钻戒在床头灯下放射着火彩,至少一克拉!我知道,男人在床上的话可信度为零。我知道,我们对彼此的新鲜劲儿还没过。我知道矜持驶得万年船……可这颗钻,卖二手的起码能卖好几万吧?

我问:"你这算求婚吗?"

金在亨表情并无变化:"你接受吗?"

我把手揣进被窝:"戒指可以接受,仪式太过简单。"

金在亨一脸坏笑:"复杂的可以有……"

……

人生就像一趟旅行,可悲的是不能重走一遍,可喜的是也不需要重走一遍。今天以前,曾有过怎样的铭心刻骨?我都记不太清了。

孙磊的半截小臂呈红烧肉色,院方建议截肢,说局部组织坏死,并继续恶化,如不及时切除会引发更高位肢体溃烂乃至生命危险。

消息传出后大家第一反应都是怀疑病历拿错了。金在亨在观察完活体肘子后，果断要求孙磊去他的医院接受保守治疗。

"你那儿行不行啊？"我怕他的误诊延误病情。

"都属外科范畴。截肢做不了，术后清创还行。他这是创口感染，虽然有点儿严重，但只要清理及时也有可能好转。截掉是最容易的办法，只能说，医生不想承担风险。"金在亨捏捏孙磊小臂，"要治疗就快做决定，不然里面溃烂面积会更大。"

孙磊看看我又看看棒子，一咬牙："我听你的！"

活体肘子消毒后被平放在一条浅槽不锈钢板上，手腕和大臂由卡扣锁住。而后，金院长从护士手中接过一根擀面杖……没错。

我和孙磊都惊奇地看着他——不慌不忙把擀面杖沿手臂的肱二头肌处用力向下擀去。

"啊！"孙磊大叫一声，"你这儿没麻药吗？"

"不可以。"金院长在口罩后冷酷无情，"你的手感觉不到疼就废了。打麻药也不容易恢复。"随后，金院长吩咐护士递了条消毒毛巾给孙磊："你可以咬这个。"

之后场面3D限制级。我看得两腿发抖，孙磊脸上青筋暴露瞪着眼飙泪，金院长慢条斯理擀着人肉，褐色脓液生生从孙磊的断指结痂处汩汩流出来……

开锁的一霎孙磊把毛巾从嘴里扯出来放声哭得像死了亲爹，毛巾上还留一个带血的牙槽印。我带着颤音问金院长："好了吗？"

院长一副公事公办的嘴脸，一边看护士给孙磊重新包扎，一边说："今天可以了，明天还要来，要把脓血挤干净才能长新肉。"

孙磊猛一抬头看我，眼神带伤，似在询问金在亨是不是故意的？老实讲，我也不确定。我问："那，还要几次？"

"看情况，不好说。"

"那能彻底好吗？不用截肢了？"

"也要看情况，截肢只是最坏的可能。"

"可能？"

"是。任何临床手术都有风险，体质不同，效果也不同。你是希望受点儿痛苦但留住一只手呢，还是希望不受痛苦地失去半只手？"

金院长和端盘子的护士向门外走去。

孙磊待门关上急吼一声："他是不是恨我？他是不是怀疑我跟你的关系？！"

我摇头："不会的。你别多想，他不是这种人。"

"你怎么知道他不是？这是手术吗？根本就是上刑！里外都要落残疾，我何苦遭这么大罪！"

"那你想怎样啊！别的医院都给你判死刑了！肯定死马当活马医啊！"

孙磊哭，我也哭。换好衣服的金院长开门站在外面平静道："不要在手术室大声喧哗，我不收朋友诊金，也不强迫救治，不想治了或者对我不信任，明天可以不来。"

第 2 天的同一时间，孙磊乖乖坐上刑台。涕泪俱下，声嘶力竭。

第 3 天，亦复如是。

第 4 天，红烧肉颜色渐退，终于有新鲜血液涌出来。

到了第 5 天，我在现场已无法与孙磊通感，只觉得穿手术服戴口罩凝神擀肉的金在亨好帅好帅，进而觉得擀面杖可以作为一款情趣用品在成人店里出售。没准销路还很不错。

严格按照金院长的指示吃药换药，配合瑶瑶的悉心照料，孙磊手指好得很快。虽然因发炎导致关节不能正常回弯，但乍一看已无大碍，也不会再影响其它肢体。

这期间保险赔付金到位，各种善后由小天和孙淼主持进行。警察同志唤我去看监控录像，附近街道摄像头记录火灾当夜同一时段经过两人：一个骑自行车的年轻人，已排除是隔壁饭店下夜班的服务员；另一位穿运动服戴鸭舌帽还戴了口罩，看身材和步伐是中年人，目前尚未确认身份。警察同志问我对这个人有没有印象？我认真看了几遍，最终还是摇摇头。警察又问有没有什么仇人？除了蟑螂事件主角我还真想不到有谁。遂向服务员要来蟑螂男电话敬献给组织。

此案有待进一步审理。

63

孙磊请吃饭。地方选在番禺民间一家著名鲍鱼鸡食肆。一来感谢在亨的救手之恩，二来替家姐做东，公告饭店收摊及员工遣散事宜。

食肆虽为陋室，能吃的也只有独门鲍鱼鸡，往来却无白丁，且到了饭口时间大小40张台全满。我、在亨、孙磊、孙淼、小天、瑶瑶，六人守住一口锅，眼睛吃得亮亮的。

酒过三巡，触景生情想起化作青烟随风逝去的我的嫁妆和事业，悲由心生。孙磊杯酒一饮而尽，当着众人信誓旦旦："常欢，我今天话搁这儿，大家作证，等我有了钱，头件事就是给你买房，大了小了你别挑，这是我欠你的。"

瑶瑶垂下眼帘脸上无光。

在亨搂我肩膀："干吗！我女人，房子不要别人买。"

我马上反驳："干吗不要？我要！万一你不要我了我还好歹有个住处。"

孙森边吃鸡边摆手："我弟的话，你且听着吧！等他有钱还不如等共产主义。"

我笑，再看瑶瑶已没了火气。人的思维转变真是奇妙，一念执着，一念解脱，恍若昨日还势与她一争高下，转眼间已心无挂碍。老子说得对——夫唯不争，故天下莫能与之争。

而对于孙磊……

心里一边笑一边疼。

我会记住你，然后爱别人。

用尽全力。

饭间，堂外传来嘈杂争吵声，好多人都跑到门口看热闹。我们刚好坐窗边，避开纷呈的围观人群，隐约可见几辆白牌车，远处还似有红蓝光影摇曳。老板过来收桌请我们坐到里面去，说万一玻璃被砸容易伤人。问什么情况？据说是俩知名乡镇级官二代斗富比狠打起来了，驻地警察和治安员都在一里外等结果，谁也不敢轻举妄动。

"该！往死里打，打死哪个都算为民除害了！"门口时有评论员激情解说。

几秒钟，孙磊发疯冲出去。我们都傻了，小天旋即喊着去追他，眼看他激怒一个，转身护另一个，被人玩命砍，成为倒在血泊中的第一人……一切发生得太快，像一场夜幕下的无声电影，警察先生火速涌至现场，举枪示法，没抓着二代，马仔全部铐上带走，孙磊则等待120送去医院抢救。

警察叔叔录口供,我们面面相觑,谁都猜不懂他当时到底在想什么?

唯有一个解释最合理——鬼上身。

命不该绝的孙磊历经11刀后顽强躺在重症监护室,留他姐孙淼对着医药单发呆。这突发状况让小天也有些蒙,不知真的还是装的,反正自掏腰包拿出5万先垫了急救费。我是死都拿不出钱了,孙磊真要托梦挑我理,我也只能请他把我带走算了,不过走前一定要问清他找死的动机是什么?孙淼让瑶瑶把她弟的医保卡和存折带过来,打开一看,活期存款只有3万多。

不可能!

才被压熄的火又腾起来,我瞅着瑶瑶质问:"至少该有十几万吧?"

瑶瑶看着孙淼有点儿紧张,咬咬嘴唇,满眼无辜:"还有10万是哥说留着买房子,我怕他乱花,就帮他买了理财基金,俩月以后才能赎回。"

孙淼把存折合上,平心静气:"他现在需要钱,具体多少我们都没底,大家凑数呢,你那儿有多少先垫过来,等他醒了不会亏你的。"

瑶瑶眼泪唰地涌出来:"姐……不是我不给,是我真没有。我妈前段时间在老家盖房,我把所有积蓄都寄回家,现在房子盖了钱肯定要不回来了。这个月为了照顾哥我也没好好上班,现在手上只有几千块,这个月还要交房租……"

"行了,甭说了。"孙淼一扭头拎包走了。

"姐,我知道哥对我好……"瑶瑶泪眼婆娑。

我没空听她的大忏悔文,我说:"瑶瑶,你都快成影后了。"说完追上孙淼问她去哪。

孙淼没说，只说一会儿就回来，这一去就是两个多小时。

期间我给她打过五六遍电话，都没接。我心里开始不往好道上想——她不会又重操旧业了吧？看看这几天被折腾得一脸倦容的小天，此刻正抱膀睡在座椅上，八成还做着和女神拜天地的美梦吧？……现实总残酷得令人想哭。

我给在亨打电话，勉为其难开口："你能不能借我点儿钱？"

不料他没问数就直接管我要卡号。

我说："这钱是准备给孙磊垫医疗费的……饭店出事才不久，大家手上都不富裕。"

在亨善解人意："10万够吗？不够再说。你自己心里要有数，帮朋友量力而行，不要一命换一命，更不要同归于尽。"

我感激。更感慨有钱真好！爹妈有，朋友有，不如自己有。

孙淼回来了，神采奕奕，我黑着一张脸把她拉到走廊尽头："你干吗去了！"

她坦然："取点儿钱。"

承受不了的答案我不想问。我拿出储蓄卡："金在亨刚打了10万过来，你先给孙磊用吧，不够再说。"

"不用。"孙淼把卡装回我钱夹里，"我这儿有，暂时够了，刚才就是试探一下瑶瑶跟我弟是不是一条心。"

"孙淼……"我犹豫一下，顶雷说出心里话，"不管你和小天最后能不能走到一起，我都希望你幸福，别走回头路。"

"你想哪去了？"孙淼娇嗔地翻了我一眼，"刚才出去把车卖了，虽然亏点儿，不过好在现金交易。还有，我以前的事都跟你弟坦白过，你甭总惦记打小报告，你弟以前事儿也不少，他都没跟你说过吧？

别老咒我俩黄,我俩黄了没你好果子吃!看好你家老金得了,他市场占有率可比你高。"

我噗嗤乐了,和孙淼抱抱,女神在耳边不忘吐槽:"瑶瑶那个小野狗,非把她从我弟身边铲走不可!"

我信——这活儿她绝对擅长。

但瑶瑶并没给我们这个作孽的机会。孙磊入院第7天,我和孙淼同时收到一条短信:姐,我去给哥赚钱了,不能亲自照顾他,对不起!房租我交到下月底,钥匙在门口地垫下,我的行李已搬走。等我有钱就回来找你们,真的很对不起!

孙淼把电话拨回去,看看我说:"关机了。"

我看看尚未苏醒的孙磊——不知对他来说,这算是个坏消息还是个好消息。

我给瑶瑶回了条短信:你想让每个人都把你当成家人,但你从没把任何一个人当成过家人。决定你一生的有时候不是能力,而是品格。不要总说对不起。

我猜她一定看得见。

人总要遇见一些人、经历一些事、悟出一些理才会成长。很遗憾,我不是能度她的人,但她绝对是影响我修行的人。啥时候我能看着她心生慈悲了,我就能脱离六道了。

64

第10天。天降神人。

来者二十五六岁模样，来了就和主治医生亲切握手交谈患者病情、将孙磊调至高间、报销了所有诊疗费，还给了孙淼一张内含 7 位数字的储蓄卡……我和孙淼为神秘好基友的到来表示热烈欢迎以及更热烈的感动。小天探班，一眼认出他就是全民大互砍那晚孙磊誓死保护的小崽子。

许是药给足了，许是孙磊在天有灵……第 13 天，他醒了。醒来的第一件事不是问"我是谁？"不是问"我在哪？"不是问"我睡了多久？"不是说"水……"而是环顾一下四周，问："谁交的住院费？"

这证明 11 刀均未伤及大脑。

在确认主子过来认账买单了之后，孙磊面瘫的脸上露出僵尸的笑颜。

我说："你的目的只是巴结权贵吗？你想没想过万一残废了怎么办？万一人家不领情怎么办？万一做了替死鬼怎么办？"

孙磊虚弱道："赌博有输有赢，我没赌本儿，只能押个大的……靠，我也没想到他们真 TM 砍啊！"

"瑶瑶呢？"孙磊接着问。

孙淼言语带刺："她搬家了。说等赚了大钱再回来看你。"

孙磊轻轻闭上眼睛。

小天小声溜缝儿："我看，就不要等了。等待，是一生最初苍老……"

我四指并拢抽小天后脑勺，安慰病人："别难过，你标准开得这么低，出院肯定能找着更好的。实在不行去戏剧学院找，都是专业的。会哭的会撒谎的要多少有多少。"

"要不，给瑶瑶打个电话吧！"孙淼见弟弟嘴角抽搐了一下，于心不忍。

"你有病啊！好不容易把瘟神送走了你还往回请？"我强烈抗议。

"不然怎么办？你看他这个死样子！离开妖精就活不起了似的。"

"她回来也是因为钱，你跟她说孙磊残废了以后需要她照顾，你看她回不回来？"

"我要残废了你能照顾我吗？"小天见缝儿插针瞅着孙淼弱弱地问。

这种不长脑的问题！我又一掌劈向小天："那得先把你打残了才知道结果啊！"

巴掌凌空被孙淼抓住扔下："干吗你总欺侮我老公！"转眼对小天像春天般温暖，"别说这种傻话，你要有那天我一直照顾你到死。"

"是抓紧时间照顾死吧！"——我鄙视所有未经证实的情话。

小天这个吃里爬外的狗东西掩嘴跟孙淼说："别跟我姐一般见识，她嫉妒你比她漂亮。"

"别吵了你们。"床上的活死人睁开眼，"你们是来安慰我还是看我笑话的？"

"真没想安慰你。人是你自己挑的又不是机选的。不过这样也好，至少比结了婚再离强。"我拍拍床单，"还有，命只有一条，搭谁身上都不值当，你死了，做朋友的顶多给你捐二两眼泪，没谁愿意跟你陪葬。你自己好好反思吧！我要回去搞对象了。"

行至屋外，回身关门，一眼瞥见孙磊目送我，眼似双丝网，中有千千结。心中魔鬼小小狰狞了一下——永远别觉得自己多了解一个人，甚至你都没有想像中那么了解自己。

金在亨残废了，我能在他身边守护吗？

我若残废了，又有谁会在我身边守护？

人性有一万种不确定值。我们能做的，只是尽量避免这种考核发生。答案最是残忍。

幸福是每个公民的合法权益，任何人都有权争取乃至夺取，但同时也要承担争夺失败的后果。至于是物质丰盈地包裹在谎言泡沫中幸福？还是心无所扰，不以欲伤生、不以利累己更幸福？仁者见仁，智者见智。

65

孙磊如愿以偿有了权贵朋友。

三个月后，除了躯干上的刀疤文身难以清除，坐卧行走已无大碍。他还接手经营了小太子的跆拳道俱乐部。引导一众女白领天天畅练下劈腿。行踪越来越神秘。

小天带孙淼回老家拜见二姨二姨父，走前花六百块买了两张牛津大学山寨系毕业证，从网上down下高清老外毕业照，把自己和孙淼的脸PS成同学的模样。

饭店失火案真相大白，竟是不远处新开张饭店老板的杰作……当然这个结果他也意外。用警方转述原话，他只是想让我们关门大吉，好让他有机会以低价租下靓位满足扩张需求，没想到伙计用料忒猛。老宅那么易燃，烧到他自己都觉得翻修成本难以估量。我有些不明白一个用大碗盛饭的人何苦对别人的小碗耿耿于怀？但此案能破，证明人民公安还是有公信力的。更令人愉悦的是我也不用亏得那么惨。

我拿了赔偿金和小天孙淼筹备一家健康养生馆，意欲尽快把自陷泥沼的孙磊捞出来洗白。这个世界上最为残酷的游戏就是政治游戏，这场游戏中从来没有亚军，一人荣，鸡犬升天；一人辱，牵连二代。历史不断告诉我们，人可以不断犯错，但不要犯致命错误，更不要随便把命运交付到控制不住的人手上。有些世界终究不属于我们，别到无法挽回的地步再去怀念那些回不去的平庸时光。

66

和金在亨先生的婚礼定在 31 岁的最后一天。

倒计时还有一个月，我在镜中已然寻腰未果。

伴娘孙淼一边帮我试婚纱，一边安慰患有产前忧郁症的准新娘："没事儿，再过六个月就能卸货了，卸了货又是一条好汉！"

"万一瘦不回来怎么办？"我忧心忡忡。

"有我呢。"孙淼没心没肺道，"到时我亲自出马勾引老金，就不信你瘦不下来。"

回手一掌打空，美人逃得飞快。

锦时。岁月静好。安然若素。